W9-CEA-195

DE LA BIBLIOTHÈQUE DE

Pip Bartlett

Pip Bartlett

ET SON GUIDE INDISPENSABLE DES

CRÉATURES MAGIQUES

UN ROMAN DE

JACKSON PEARCE & MAGGIE STIEFVATER

TEXTE FRANÇAIS D'HÉLÈNE RIOUX

Éditions
SCHOLASTIC

Catalogage avant publication de Bibliothèque et Archives Canada

Pearce, Jackson
[Pip Bartlett's Guide to magical creatures. Français]
Pip Bartlett et son guide indispensable des créatures magiques /
Jackson Pearce et Maggie Stiefvater ; texte français d'Hélène Rioux.

Traduction de : Pip Bartlett's Guide to magical creatures.
Publié en formats imprimé(s) et électronique(s).
ISBN 978-1-4431-5137-5 (couverture souple).--
ISBN 978-1-4431-5270-9 (html).-- ISBN 978-1-4431-5271-6
(html Apple)

I. Stiefvater, Maggie, 1981-, auteur II. Titre. III. Titre: Pip Bartlett's
Guide to magical creatures. Français.

PZ23.P398Pip 2016   j813'.6   C2015-905141-X
C2015-905272-6

Copyright © Jackson Pearce et Maggie Stiefvater, 2015, pour le texte.
Copyright © Maggie Stiefvater, 2015, pour les illustrations.
Copyright © Éditions Scholastic, 2016, pour le texte français.
Tous droits réservés.

Il est interdit de reproduire, d'enregistrer ou de diffuser, en tout ou en
partie, le présent ouvrage par quelque procédé que ce soit,
électronique, mécanique, photographique, sonore, magnétique ou
autre, sans avoir obtenu au préalable l'autorisation écrite de l'éditeur.
Pour toute information concernant les droits, s'adresser à Scholastic
Inc., 557 Broadway, New York, NY 10012, É.-U.

Édition publiée par les Éditions Scholastic, 604, rue King Ouest,
Toronto (Ontario) M5V 1E1

5 4 3 2 1   Imprimé au Canada 139   16 17 18 19 20

Ce livre est une œuvre de fiction. Les noms, personnages, lieux et
incidents mentionnés sont le fruit de l'imagination des auteurs. Toute
ressemblance avec des personnes, vivantes ou non, des entreprises,
des événements ou des lieux réels est purement fortuite.

Conception graphique de Christopher Stengel

MIXTE
Papier issu de
sources responsables
FSC® C103567
FSC
www.fsc.org

PROLOGUE

L'incident des licornes

Les licornes arrivèrent juste après les autobus.

Je les voyais de la fenêtre de ma classe en me penchant très loin au-dessus de mon pupitre et en me tordant le cou. Sur le côté des remorques où elles se trouvaient, on pouvait lire les mots *Élevage de licornes Soleil éternel*. Si je me penchais davantage...

— Pip! s'écria mon père quand mon coude fit tomber accidentellement une boîte de roches sur le plancher.

— Oups, dis-je sur un ton quelque peu penaud.

Je me baissai pour les ramasser.

D'habitude, mon père ne m'accompagnait pas à l'école. Mais c'était la Journée des carrières, ce jour-là. Les corridors et les salles de classe étaient bondés de mères et de pères enthousiastes à l'idée de parler de leur travail. Mes deux parents étaient géologues et papa avait apporté la boîte de roches (qu'il appelait *géodes*) pour les montrer à mes camarades. L'étude des roches ne me passionnait pas du tout. Par contre, j'avais l'impression que mon père était bien plus intéressant que celui qui fabriquait des fermetures à glissière.

À mon avis, *rien* n'était plus fascinant que les licornes.

Par la fenêtre, je vis une femme en chemisier bleu clair faire sortir la première licorne. Je crus que mon cœur et mon cerveau allaient exploser en feux d'artifice en forme de licorne! Je savais tout sur les licornes grâce à mon livre préféré, *Le guide des créatures magiques* de Jeffrey Higgleston (qui se trouvait à ce moment-là dans mon sac à dos).

Je n'en avais pas vu souvent; elles se faisaient rares au milieu d'Atlanta. Cette licorne était chatoyante, avec une crinière de la couleur du soleil et elle roulait ses yeux foncés. Lorsqu'elle caracola sur l'asphalte, des étincelles jaillirent sous ses sabots jaunes comme du beurre.

— Oh! Des licornes! dit mon père de la même voix que je prenais quand il me montrait de nouvelles roches, ce qui voulait dire qu'il essayait très fort de s'y intéresser, mais les animaux ne le passionnaient pas vraiment. Comme c'est excitant! À qui appartiennent-elles?

Je montrai Marisol Barrera du doigt. Elle était assise à

Licorne

La corne de la licorne est l'arme la plus pure du monde naturel.

Bien que braves quand elles sont seules, les licornes ont tendance à prendre peur quand elles sont en groupe.

Les oiseaux de juin aiment nicher dans la queue des licornes.

La peau irisée à l'intérieur des narines indique la lignée de la licorne.

Leurs sabots très robustes sont faits d'une matière semblable aux pierres précieuses.

Les licornes ont la peau très sensible; on doit garnir leurs stalles de fleurs comme de la lavande ou des dahlias.

TAILLE : de 75 à 205 cm

POIDS : de 180 à 1 450 kg

DESCRIPTION : De tous les animaux magiques, la licorne est, à juste titre, le plus célèbre. Cette créature noble et courageuse peut être de différentes formes et couleurs. On trouve des licornes sur tous les continents et elles inspirent des légendes depuis des siècles. Compagne vibrante, elle est appréciée pour son apparence et pour sa corne que est sans trois pupitres de moi.

— Mmm, fit mon père sur un ton approbateur.

Tout le monde appréciait Marisol. Elle n'avait jamais une joue maculée de chocolat. Elle n'oubliait jamais de se brosser les cheveux. Elle écrivait lisiblement. Les coins de ses cahiers n'étaient jamais cornés. Le chemisier bleu qu'elle portait était assorti à celui de sa mère et était orné d'un petit logo coloré *Soleil éternel*.

J'essayai de me redresser sur ma chaise, comme Marisol, mais ma colonne vertébrale ne savait pas comment y parvenir. Je finis par m'affaisser.

Bon. Je pouvais au moins faire une chose dont Marisol était incapable, et dont, en fait, *personne* d'autre n'était capable. Je pouvais parler aux créatures magiques. *Et elles pouvaient me comprendre.*

Malheureusement, personne ne me croyait. Et j'avais rarement l'occasion de faire usage de cette faculté parce que tous les animaux étaient interdits dans l'immeuble où je vivais. Même les animaux magiques.

Je n'avais jamais donc parlé à une licorne.

— C'est bien, les enfants, s'écria M. Dyatlov, notre enseignant. Nous allons nous mettre en ligne *de façon ordonnée* pour aller voir les stands de carrière dehors. Montrez à vos parents comme vous êtes disciplinés!

Tout était ordonné avec M. Dyatlov. Tout chez lui était une ligne droite : sa coupe de cheveux, sa moustache, sa cravate et même sa bouche. Ayant appris dès le début de l'année scolaire que la vie était bien plus facile quand on était aussi ordonné que possible, nous formâmes une ligne aussi droite que ses sourcils. Encore quelques minutes et je me trouverais en présence des licornes. Je m'efforçai de ne pas trop sautiller dans le rang, mais même après avoir réussi à calmer mon cœur, mes pieds continuèrent de trépigner.

Impossible de rester tranquille!

Surtout quand nous arrivâmes dans le stationnement qui débordait de choses inhabituelles. Un antiquaire présentait une voiture très vieille et très étrange. Un fleuriste se tenait près d'une camionnette, munie d'un abri rempli de fleurs. Un chef avait monté un gril. Un groupe de mères jouaient de la musique sur des instruments à cordes. Mon père avait installé sa boîte de géodes qu'examinaient déjà quelques-uns de mes amis. Papa avait l'air content, comme s'il avait couvé ces roches plutôt que de les avoir trouvées.

Je comptai les licornes. Il y en avait huit! Les parents de

Marisol et ses deux sœurs aînées (des jumelles) tenaient les rênes de deux licornes. Quelle majesté, quelle splendeur! Je parlais des Barrera, des versions adultes de Marisol, des gens pimpants et élégants. On aurait dit qu'ils venaient juste d'enlever les étiquettes des vêtements qu'ils portaient.

Les licornes? Eh bien, elles avaient *l'air d'être magiques.*

— Les enfants! Les enfants! dit M. Dyatlov. Rappelez-vous : nous devons faire le tour des stands à tour de rôle. Et quelle est la règle quand nous sommes dehors?

Nous répétâmes docilement :

— On ne court pas, on ne part pas tout seul, et on se lave les mains en rentrant!

Satisfait, M. Dyatlov nous donna le signal du départ et nous nous dirigeâmes tous, très, très vite, vers les premiers stands de carrière.

Évidemment, j'allais commencer par les licornes. Ce fut facile, car le parent cuisinier attirait tous les élèves dans sa direction avec ses crêpes fraîchement sorties de la poêle. J'allais donc pouvoir passer quelque temps en tête à tête avec ces créatures magiques!

En me voyant approcher, la mère de Marisol me sourit.

— Bonjour! dit-elle. Aimerais-tu élever des licornes

quand tu seras grande?

— Oui! Je veux dire, peut-être! Je veux dire, je ne sais pas. C'est juste que j'adore les licornes! Tous les animaux en fait, répondis-je d'une voix haletante.

Je regardai les licornes. Elles étaient légèrement différentes les unes des autres : l'une avait une crinière rose, l'autre, une verte et ainsi de suite. Leurs sabots étaient aussi de teintes différentes. Bien qu'elles aient toutes une robe pâle, certaines avaient des reflets bleuâtres et d'autres, des reflets tirant sur le pêche. Toutes avaient une corne nacrée formant une spirale parfaite au milieu du front.

— C'est la substance la plus résistante sur Terre, tu sais, me dit une des sœurs de Marisol quand elle me vit regarder fixement la corne de la licorne la plus proche.

— Je sais! Puis-je la toucher?

— Bien sûr! répondit Mme Barrera.

Elle n'avait pas compris : ce n'était pas à *elle* que je demandais la permission, c'était à la licorne.

— Ça fait toujours plaisir de rencontrer une admiratrice, dit la licorne d'une voix grave.

C'était un mâle. Il renâcla un peu et pencha la tête. Comme les Barrera ne pouvaient entendre ce qu'il me disait — j'étais la seule ayant cette faculté —, ils parurent un peu surpris en voyant qu'il me laissait le toucher. Mais après tout, je le lui avais demandé poliment. Je tendis la main et effleurai le côté de la corne. C'était comme l'intérieur d'un coquillage.

L'animal s'ébroua et se redressa. Ses yeux noirs liquides et magiques exprimèrent une légère désapprobation quand il aperçut mes chaussures délacées et ma tignasse ébouriffée. Il avait sans doute l'habitude de voir des gens comme les Barrera.

— Bon, ça suffit, dit-il. Ils viennent juste de la polir. Je ne veux pas que tu la *salisses*.

— Oh! Désolée.

— Pourquoi, ma petite? demanda Mme Barrera.

— Je pense que j'ai dérangé votre licorne, répondis-je.

Mme Barrera pouffa de rire.

— Ne t'en fais pas pour Frisson. C'est le doyen du troupeau, il a parfois des sautes d'humeur. Mélodie, va chercher Diva. Elle est un peu plus amicale avec les enfants.

Diva poussa un hennissement joyeux en avançant vers moi.

— Oh! Génial! Regardez! Maintenant, tout le monde verra ma queue!

Les autres licornes marmonnèrent et levèrent les yeux

au ciel tandis que Diva balançait sa queue. C'était une queue vraiment impressionnante avec ses boucles turquoise.

— Très jolie! dis-je.

— *Merci!* répondit Diva. Ils ont passé tout l'avant-midi à la friser pour tester le style avant notre prochain spectacle. Je crois que ça me va bien. Qu'en penses-tu?

— Magnifique. Peuvent-ils aussi boucler ta crinière?

— Cela leur prendrait des *heures*, m'expliqua Diva. Je ne peux pas rester immobile aussi longtemps.

Je la comprenais parfaitement.

— Moi non plus, dis-je.

Les Barrera m'observaient avec circonspection. N'entendant pas ce que Diva me disait, ils pensaient évidemment que je parlais toute seule.

— Elle me parlait de sa queue, dis-je.

— Bien sûr, répondit poliment Mme Barrera.

Mais son demi-sourire et ses sourcils arqués exprimaient clairement sa pensée : *cette enfant est folle.* J'aurais voulu m'habituer à voir cette expression, mais je n'y étais jamais parvenue. Les créatures magiques acceptaient plus facilement mon pouvoir que les humains. Pourquoi les gens ne me croyaient-ils pas?

— Changez de stands! cria M. Dyatlov.

Tous les élèves se déplacèrent en traînant les pieds. Marisol et un groupe d'à peu près six autres enfants s'éloignèrent rapidement de la crêperie. J'aurais dû aller vers le père qui avait apporté un chalumeau et un masque de soudeur, mais je fis semblant de ne pas avoir entendu M. Dyatlov et je restai avec les licornes.

— Elles sont fantastiques, Marisol! cria quelqu'un.

— Merci, répondit Marisol.

Indubitablement perturbées à la vue d'un aussi grand nombre d'enfants, les licornes se mirent à secouer leurs têtes et à souffler par le nez, révélant la peau irisée à l'intérieur de leurs narines.

— Regardez-moi! dit l'une d'entre elles.

— Non, regardez-*moi!* dit une autre.

Même Frisson se cabra légèrement et déclara d'une voix grave :

— Non, c'est *moi* qu'ils regardent.

Je ne savais pas que les licornes de spectacle aimaient autant *jouer les vedettes.*

Diva balançait furieusement les boucles de sa queue et se tordait le cou pour voir si quelqu'un l'avait remarquée. Elle poussa son museau contre mon bras.

— Toi, oui, toi! Celle qui peut nous parler. Demande

aux enfants ce qu'ils pensent de ma queue!

Je n'étais pas très douée pour m'adresser à une foule, mais c'était mon premier contact avec une licorne et je ne voulais pas la décevoir. J'élevai la voix.

— Écoutez-moi, tout le monde! Que pensez-vous de la queue de cette licorne?

Mais tout le monde était occupé à bombarder les Barrera de questions et personne ne m'entendit. Irritée, Diva secoua sa crinière. Les enfants devinrent plus bruyants et les licornes les imitèrent.

— Enfant! Regarde-moi! Regarde par ici! Non, ici! Enfant!

Marisol tira sur la main de sa mère.

— Maman, puis-je amener mes amis faire un tour sur Frisson?

Mme Barrera secoua la tête.

— Ce n'est pas une bonne idée. *Tu* pourrais peut-être lui faire faire le tour de la cour, juste pour le montrer aux autres.

— Pas *lui!* protestèrent quatre licornes à l'unisson. *Moi!*

M. Barrera changea le simple licou de Frisson pour une bride argentée spéciale avec une entaille pour la corne. Quand Mme Barrera aida Marisol à grimper sur son dos,

Frisson mâchouilla rêveusement le mors qui semblait être en cristal. L'idée que Marisol puisse le salir ne paraissait pas l'inquiéter. Assise sur le dos de la plus belle et grosse des licornes, Marisol avait l'air d'une authentique princesse.

Tout le monde la regardait.

— Peut-elle la faire courir? cria un de mes camarades de classe.

— *Courir?* Pas vraiment. Les licornes ont cinq allures, contrairement aux chevaux qui n'en ont que quatre, expliqua Mme Barrera. Elles peuvent *marcher, caracoler, trotter, gambader* et *galoper*. Dans une foule comme celle-ci, les seules allures sécuritaires sont marcher et caracoler.

Marisol et Frisson commencèrent donc à caracoler. C'était si beau que je dus serrer et desserrer plusieurs fois les poings pour m'assurer que je ne rêvais pas. J'avais pensé que tout le monde regardait Marisol, mais maintenant, tous les yeux étaient *vraiment* fixés sur elle.

Diva poussa son museau contre mon bras à nouveau.

— Hé! Toi! L'enfant-parleur!

— Tu m'as fait mal, dis-je, même si ce n'était pas vrai.

— Tout le monde regarde Frisson, se lamenta-t-elle. C'est moi qu'ils doivent admirer. Dis-leur que c'est moi!

— Personne ne m'écoute.

Un peu excité par toute cette attention, Frisson avait commencé à trotter, mais Marisol, d'une main experte, le ralentit.

— Moi non plus!

Diva trépigna. Des étincelles jaillirent derrière ses sabots.

— Enfant-parleur! Grimpe sur mon dos! On va leur montrer!

Grimpe sur mon dos!

C'était une très mauvaise idée, je le savais. Mais… mais… *Chevaucher une licorne.* J'avais seulement lu sur le sujet dans le *Guide.* Quand aurais-je une autre occasion de le *faire* pour de vrai?

Penses-y à deux fois avant d'agir, disait toujours ma mère.

Et je *réfléchissais*, je réfléchissais vraiment. Mais c'était difficile de penser à autre chose que de chevaucher une licorne, surtout que Diva répétait de plus en plus fort :

— Fais-le-fais-le-fais-le-fais-le-fais-le…

Après mûre réflexion, je décidai d'agir. Diva se pencha et je grimpai sur son dos.

— Agrippe ma crinière, enfant-parleur malpropre! hurla-t-elle.

J'eus juste le temps d'attraper deux grosses poignées de ses crins couleur de piscine, puis elle se cabra et chantonna en hennissant.

À présent, tous les yeux étaient rivés sur *nous*.

— Qu'est-ce que tu fais? dit sèchement Frisson, qui faillit déstabiliser Marisol. C'est mon moment de gloire! Retourne avec les autres, stupide pouliche!

— STUPIDE POULICHE! rugit Diva. Regarde ça!

Elle fonça en avant. Je ne savais pas trop quelle allure elle avait adoptée, mais ça semblait beaucoup plus rapide que caracoler ou trotter. Elle devait gambader ou galoper. Je voyais la vieille voiture, le poêlon à crêpes et la camionnette du fleuriste s'éloigner beaucoup plus que je ne le voulais.

— Nous devons rester dans la cour! l'implorai-je en me cramponnant à sa crinière.

— Oh! Oui, oui, oui, chantonna-t-elle.

Elle ralentit, retourna vers la foule et se mit à gambader en cercle. C'était magnifique. Sa queue bouclée claquait derrière elle. Le vent cascadait dans mes oreilles et fouettait ma queue de cheval. J'avais l'impression de voler. Je distinguais les regards envieux de mes camarades de classe.

C'était le plus beau jour de ma vie.

— Pip!

Je crus entendre mon nom, mais le son se perdit dans la rumeur joyeuse du vent. J'imaginai que je ressemblais, moi aussi, à une princesse tandis que Diva faisait de nouveau tourbillonner ses boucles.

— Je suis la plus belle, la plus belle, la plus belle, hennissait-elle au rythme du battement de ses sabots.

Je m'aperçus peu à peu que plusieurs personnes criaient mon nom.

— Pip! hurla Mme Barrera. Essaie de revenir! Les licornes ont des problèmes en groupe et les autres vont avoir peur si nous ne parvenons pas à calmer Diva!

J'avais en effet lu dans le *Guide* que les licornes ont peur en groupe. Mais *avoir peur* signifie *paniquer* et ces licornes ne paniquaient pas. Elles s'époumonaient à qui mieux mieux.

— C'est injuste! Pourquoi sort-elle? Je sors, moi aussi! Laissez-moi sortir!

Elles n'avaient pas peur : elles étaient jalouses.

Je devrais vraiment ajouter une note à ce sujet dans le *Guide*, pensai-je au moment où une autre licorne se libérait d'une jumelle Barrera.

— Tu les empêches de voir! vociféra Diva à la nouvelle venue. De *me* voir!

Ce cri n'était pas très joli.

— Tu te conduis comme un *âne,* répliqua la nouvelle licorne en percutant la croupe de Diva.

C'était un beau mâle blond à la peau aussi lisse que celle d'un dauphin. Il secoua sa crinière blanche, soyeuse comme des fils de maïs, et quelques papillons s'en échappèrent. Ils semblaient un peu surpris.

— Tu dois partager!

— *Tu* n'as pas d'ordres à *me* donner! rétorqua Diva.

— Les amis! implorai-je. Les amis, ne vous querellez pas, vous êtes tous deux très beaux! Toi, le garçon licorne, tu dois t'en retourner!

— Tu n'as pas d'ordres à me donner!

Il rua et heurta de nouveau Diva.

J'agrippai sa crinière avec encore plus de force.

— Tiens bon, Pip! cria Mme Barrera. Reste calme, mon chou! Nous allons te faire descendre!

Ils pensaient que j'avais des ennuis.

— VA-T'EN! rugit Diva lorsqu'une autre licorne la frappa de l'autre côté.

Une troisième licorne, un mâle à la crinière vert pomme, enroula la queue bouclée de Diva autour de sa corne. Il secoua la tête et faillit la déséquilibrer. Les Barrera agitaient les bras comme s'ils étaient en train de se noyer dans une mer de béton. Aucun d'eux ne tenait une licorne parce qu'elles ruaient et galopaient toutes autour de Diva.

J'avais peut-être des ennuis après tout.

— Il faut rentrer, Diva, dis-je. Tout le monde a vu ta queue. Mais nous ne pouvons…

— OH! OUI! LES ENFANTS ME REGARDENT MAINTENANT! cria Frisson.

Sa voix avait enterré la mienne. Il caracola et balança fougueusement sa queue, faisant presque tomber Marisol, puis il s'écria :

— REGARDEZ, ESPÈCES DE GALOPINS CORNUS! C'EST MOI QU'ILS ADMIRENT!

Mais les enfants ne l'admiraient pas, car ils écarquillaient les yeux : une horde de licornes se ruait à présent directement vers eux. Les parents et les enseignants se hâtèrent d'écarter les élèves du chemin.

— Diva! l'appelai-je une fois de plus en haussant le ton. Tu ne veux pas leur faire plaisir?

— Je veux qu'ils *regardent!* répondit-elle.

Elle claqua les dents en direction de la licorne blonde. Les Barrera et quelques autres adultes s'étaient pris par la main et approchaient, formant une clôture humaine d'un côté de la horde qui tournait en rond.

— Fais-la tourner en petits cercles! me cria Marisol.

Elle avait tiré sur une rêne pour la raccourcir, ce qui obligeait Frisson à tourner en cercles de plus en plus petits. Cela le ralentissait.

— Je n'ai pas de rênes! hurlai-je à mon tour.

Accélérant, les autres licornes riaient maintenant à gorge déployée en voyant les petits cercles de Frisson.

— À plus tard, vieux croûton, hennit Diva. Regardez-moi bien!

Et elle sauta. Je poussai un petit cri et jetai mes bras autour de son cou.

Des étincelles jaillirent quand Diva atterrit sur le toit de la superbe vieille voiture. Quelqu'un cria. Une autre licorne fonça à côté de nous, et une troisième au pelage rose vola au-dessus de la voiture et aboutit dans l'abri du fleuriste. La licorne rose s'ébroua et fut bientôt couverte de pétales déchiquetés. Le père fleuriste agita un tournesol pour essayer de la faire fuir, mais elle saisit la fleur dans sa gueule et s'éloigna en dansant.

— Admirez-moi! Admirez-moi! Admirez-moi! s'égosillait-elle en agitant le tournesol, frappant en même temps mes camarades.

Je devinai que Frisson en avait assez de se faire taquiner. Il désarçonna donc Marisol et galopa vers Diva en bondissant dans les airs et en cambrant gracieusement le dos. C'était une vision grandiose jusqu'à ce qu'il s'écrase sur le gril et envoie les hamburgers voler sur l'asphalte. Il évita les hamburgers, mais finit par bousculer les tables de crêpes. Si bien que la pâte fut catapultée dans les airs et qu'elle retomba sur les mères qui jouaient des instruments à cordes. Ces bousculades dérangèrent la table de mon père et ses géodes s'écrasèrent sur le sol. Celles qui ne s'étaient pas brisées roulèrent sous les sabots de la licorne à la crinière verte et la firent trébucher. Pour ne pas tomber, elle s'assit… sur M. Dyatlov.

— Relève-toi! criai-je.

La licorne se releva et s'éloigna en caracolant seulement parce qu'elle avait remarqué toute l'attention que recevait la licorne avec le tournesol. M. Dyatlov semblait bien aller malgré les hamburgers collés maintenant à son pantalon.

— Diva, *arrête*, la suppliai-je.

— Ce n'était pas ce que tu voulais? hennit-elle. Que tout le monde te regarde?

— Non! rétorquai-je. Je voulais qu'ils *m'écoutent*.

Mais à présent, même Diva ne m'écoutait plus. Une

licorne à la crinière orange givrée fonça vers nous et Diva rua, percutant l'enseigne de notre école. Des éclats de bois s'éparpillèrent dans toutes les directions. Le morceau arborant notre mascotte — un géomys souriant — passa près de mon visage. Diva chantait gaiement.

Ses sabots martelaient le sol. J'essayai de me cramponner davantage, mais on aurait dit que mes mains et sa crinière glissante ne se rejoignaient pas.

Je poussai un autre petit cri. Diva se contenta de dresser une oreille et j'atterris dans un buisson décoratif à côté du géomys. À travers les branches cassées, j'aperçus le ciel bleu au-dessus de ma tête. L'espace d'un instant, il fut bloqué par les ventres de trois licornes qui sautaient par-dessus l'enseigne brisée et le buisson où j'étais allongée.

J'avais perdu le souffle et tout mon bonheur en même temps.

Mon père apparut une minute plus tard, hors d'haleine.

— Pip! Pip! Es-tu *vivante*?

— Je vais bien, répondis-je depuis mon buisson.

— Dans ce cas, tes ennuis commencent.

Dans mon for intérieur, je décidai d'ajouter une autre note au *Guide des créatures magiques*.

Les licornes n'écoutent pas.

CHAPITRE
— 1 —

La clinique des créatures magiques de Cloverton

C'était vrai, j'avais gâché la Journée des carrières et la saison des spectacles de Frisson, détruit trois violoncelles, quarante excellents hamburgers à la dinde, la plupart des géodes de papa et les lunettes de M. Dyatlov. Je n'en étais pas fière et je n'avais pas trouvé très amusant d'être privée de sortie pendant le reste de l'année scolaire. Après l'incident des licornes (c'était ainsi que ma mère l'appelait en plissant les yeux et en fronçant les sourcils), mes parents décidèrent que je passerais l'été à Cloverton, une petite ville au sud de la Géorgie, où ma tante Emma travaillait comme vétérinaire pour les créatures magiques.

— Comme ça, tu pourras voir plein de créatures magiques dans un… hum… environnement plus *sûr*, dit maman en mettant des choses dans ma valise violette.

Par « plus sûr », je savais qu'elle voulait dire « un

Pip Bartlett

Cerveau rempli
d'animaux magiques,
d'anecdotes, de cart
des lieux qu'elle a
visités et de saveur
des biscuits sandwic
qu'elle a mangés

Queue de cheval
camouflant les jours
où elle oublie de
brosser ses cheveux

Le meilleur livre
du monde

*Le guide des
créatures magiques*
de Jeffrey Higgleston

Le meilleur livre
du MONDE

LE MEILLEUR LIVRE
DU MONDE

Écrit parfois su
ses mains; si ell
n'a pas de papier
elle doit écrire
sur QUELQUE CHOS

Mini lampe de poche
dans cette poche

Pièce avec
le logo de
l'Académie
américaine des
bêtes magiques

Stylo dans
cette poche

Biscuit sandwich
dans cette poche

Son père a cousu
des poches partout
sur ce pantalon
(c'est un couturier
très habile). Il
a aussi cousu des
insignes sur sa
veste de jeannette,
du moins jusqu'à ce
qu'elle se fasse
renvoyer (à cause
d'un malheureux
incident concernant
des teckels
volants).

Pièce en forme
de cœur cousue
par sa mère

Guimauves dans
cette poche
(parce qu'elles
constituent une
bonne collation
pour 20 espèces de
créatures magiques
et pour les filles
aussi)

TAILLE : 1 m 32
ÂGE : 9 ans
DESCRIPTION : Cette humaine, « Pip Bartlett »
semble être la seule personne vivante capable de
comprendre ce que disent les animaux magiques.
Et, actuellement, les licornes ne la rendent pas
très heureuse.

endroit avec moins de violoncelles ».

Comme ma mère devait participer à une importante fouille géologique et que mon père venait de partir pour donner une conférence, ce fut Shantel, une des stagiaires de maman, qui me conduisit à Cloverton.

La maison de tante Emma communiquait avec la clinique, mais il aurait été impoli d'entrer dans son salon sans d'abord aller la saluer, alors Shantel et moi décidâmes de nous rendre plutôt à la clinique.

— Mmmm, elle doit être avec un patient, dit Shantel.

Il n'y avait personne à la réception et aucun signe de ma tante dans la salle d'attente.

— Veux-tu que je reste avec toi jusqu'à ce qu'elle arrive? demanda-t-elle.

Elle ne semblait pas vouloir rester.

— Non, répondis-je, je peux attendre toute seule.

Quels ennuis pourrais-je m'attirer dans une salle d'attente?

— Super! s'exclama Shantel en levant son pouce.

Puis elle se précipita dehors et sortit du stationnement à la vitesse d'une licorne en fuite. Dans la salle d'attente, je mis mon sac à dos sous une chaise et je m'assis sur mes mains pour rester immobile. La seule autre personne dans la pièce était un jeune homme qui semblait sympathique. Il portait une chemise (à carreaux) et une barbe (pas à carreaux). Il tenait en laisse un poméranien à cornes lilas. Je savais que l'animal était âgé parce que les poils lilas autour de sa truffe étaient maintenant d'un bleu argenté.

— Puis-je le caresser? demandai-je.

Il hocha la tête.

— Si elle accepte. Mamzelle est un peu nerveuse chez le vétérinaire.

Une poméranienne, donc. Elle darda sa langue pour lécher ma main quand je tapotai la touffe de poils entre ses cornes.

— Tout va bien, Mamzelle. Tu n'as rien à craindre. Ma tante Emma est très gentille.

Bien que son propriétaire ne parût pas s'en apercevoir, Mamzelle me comprit parfaitement et eut l'air un peu rassurée quand elle retourna sous la chaise du jeune homme.

Il était bon de constater que parler aux animaux ne finissait pas toujours en cavalcade.

À vrai dire, j'étais un peu nerveuse, moi aussi. Ma tante Emma était en effet très gentille, mais je me demandais ce qu'elle pensait de moi depuis l'incident des licornes.

Je pris une brochure sur la table à côté de moi. Elle s'intitulait « La nutrition du pégase nouveau-né ». Sur la page couverture, on voyait un cheval ailé volant au-dessus d'une assiette vide. Même avant de l'ouvrir, je savais que l'assiette aurait dû être remplie de beurre d'arachide. Selon *Le guide des créatures magiques* de Jeffrey Higgleston, le beurre d'arachide, surtout le croquant, est le mets préféré des bébés pégases. Chapitre trois, page quatre.

Mon *Guide* était dans mon sac à dos, comme toujours, j'avais insisté pour l'apporter avec mes biscuits sandwichs et quelques stylos. J'aimais l'avoir à portée de la main.

La vieille clochette au-dessus de la porte carillonna. En levant les yeux, je vis deux femmes entrer péniblement avec une grande cage de plastique.

Oh.

Oh!

C'était un hobgraquel! Je n'en avais jamais vu dans la vraie vie. À l'intérieur de la cage, un bec brillant tapait anxieusement sur les barreaux métalliques. Le bec était noir, mais noir comme une flaque d'huile où se mêlaient aussi d'autres couleurs. Comme un arc-en-ciel. Mais ce n'était pas le bec qui me disait qu'il s'agissait d'un hobgraquel. C'était la...

Jeune pégase

Multicolore à l'âge adulte, particulièrement sous les climats chauds. Comme les nouveau-nés peuvent peser jusqu'à 35 kg, les adultes font leurs nids dans des arbres très résistants, notamment les chênes et les séquoias.

Voraces, les jeunes pégases raffolent des beurres de noix, surtout le beurre d'arachide croquant. Ils aiment aussi la purée de banane. Étrangement, les chercheurs sur le terrain ont découvert que les pégases, tant les adultes que les jeunes, mangent avec plaisir les emballages de plastique quand ils en ont l'occasion. Les études démontrent que, privés de liberté, les pégases deviennent un peu

— Quelle est cette *odeur*? demanda Callie derrière le comptoir de la réception.

Callie était ma cousine et elle avait treize ans. Nous passions du temps ensemble pendant les vacances familiales sans être vraiment amies parce qu'elle aimait les comédies musicales avec beaucoup de costumes et de danse, tandis que j'aimais les poméraniens à cornes lilas et me ronger les ongles. Si ces choses n'étaient pas contradictoires, elles semblaient le devenir quand on essayait d'avoir une conversation amicale.

— Oh! désolée, dit la femme devant la cage. C'est Gogo.

Selon *Le guide des créatures magiques*, les hobgraquels dégagent une odeur « évoquant un œuf d'autruche en train de pourrir sur un trottoir » quand ils sont stressés.

L'odeur donnait une idée précise du niveau de stress de cet hobgraquel.

Le *Guide* expliquait que l'odeur venait d'une sueur visqueuse et huileuse suintant des aisselles de l'hobgraquel. Et des aisselles des pattes. Et du menton. Et de la queue. Je ne savais pas trop ce qu'était une aisselle de queue, mais toute substance huileuse qui en sortait n'augurait rien de bon.

— Gogo boite, expliqua une des femmes à Callie. J'ignore ce qu'il a. Tu pourrais peut-être…

Callie interrompit la femme en faisant claquer sa gomme à bulle. Elle posa brusquement une feuille de papier et un crayon devant elle.

— Inscrivez-vous, dit-elle.

La femme avait l'air un peu stressée, elle aussi.

— Attendre rend Gogo plutôt anxieux. Y a-t-il beaucoup de patients avant nous?

Callie lui jeta un regard excédé derrière ses lunettes roses.

— Laissez-moi vous exposer la situation, madame. Il y a un griffon miniature soyeux fiévreux dans la salle d'examen numéro un. Une salamandre invisible vomit des chaussettes dans la salle numéro deux. Une portée de trolls de jardin lévitants attendent leurs injections dans la trois. Gogo n'a pas de rendez-vous. Gogo devra s'inscrire. Gogo devra attendre.

— Très bien, répondit timidement la femme.

Je fis semblant de dessiner sur ma main pour éviter le regard de ma cousine. C'était bon de constater que des femmes adultes avaient aussi peur de Callie que moi.

La clochette tinta de nouveau et je levai les yeux. Je me

sentais fébrile. D'abord un hobgraquel, et maintenant quoi?

Mais la dame qui venait d'entrer ne semblait pas avoir de créature magique. Elle avait plutôt des souliers pointus, des sourcils froncés et une planchette à pince sous le bras. Elle fonça vers Callie, laissant dans son sillage une bouffée de parfum qui rappelait un champ de gardénias fanés. Si vous voulez mon avis, c'était encore pire que l'odeur de Gogo. J'essayai de couvrir mon nez sans être trop impolie. La poméranienne à cornes lilas siffla mélancoliquement.

La dame déposa sans ménagement sa planchette sur le comptoir en face de Callie.

— Je suis venue faire une inspection. Il s'agit de… d'un genre de salamandre invisible?

— Bonjour, Mme Dreadbatch, répondit Callie d'une voix soudain très posée, très convenable et très différente de celle qu'elle venait d'utiliser avec les propriétaires de Gogo. Je vais aller chercher ma mère dans un instant. Elle est actuellement occupée à…

— Occupée! gronda Dreadbatch en mettant une main sur sa hanche. Elle ferait mieux de ne pas l'être trop quand elle reçoit la visite officielle du Service de l'éducation et de la santé des animaux magiques et surnaturels!

Mon cœur s'arrêta de battre. Du moins un instant. Je

savais tout ce qui concernait le Service de l'éducation et de la santé des animaux magiques et surnaturels, le SÉSAMES… C'était l'organisme gouvernemental chargé de s'assurer que les créatures magiques ne nuisaient pas à la vie normale, non magique. Ses représentants étaient venus à notre école le lendemain de l'incident des licornes et ils avaient retiré Diva aux Barrera. En fait, *l'auraient fait* si je n'avais pas dit que tout était de ma faute.

En repensant à ce terrible après-midi, mon cœur resta un peu plus longtemps sans battre. J'entendis la voix de Callie.

— Vous devez comprendre que…

— Mon temps est très précieux, jeune fille, coupa Mme Dreadbatch en agitant la main vers ma cousine. Si je ne peux remplir les documents du SÉSAMES prouvant que toutes les mesures sont prises pour empêcher les salamandres invisibles de continuer à manger la lessive des gens sur les cordes à linge, ces créatures seront déclarées nuisibles. Et tu sais ce que *cela* signifie.

— Oui, son propriétaire devra s'en débarrasser, répliqua sèchement Callie, qui parut redevenir elle-même. Je sais. Je sais. Attendez, je vais voir si maman peut laisser le griffon.

Callie sortit et la salle d'attente devint très silencieuse. On n'entendait que les ongles longs, couleur corail, de Mme Dreadbatch marteler le comptoir. Le bruit ou le parfum n'avaient pas l'air de produire un effet bénéfique sur les animaux présents dans la salle d'attente. La poméranienne à cornes lilas et l'hobgraquel regardaient la dame et frissonnaient. Du fond de la cage de Gogo, une substance liquide et violette suinta sur les carreaux du sol : sa sueur. Cette substance couvrait les barreaux métalliques et sentait les œufs pourris encore plus fort qu'avant.

Je fronçai les sourcils.

Selon le *Guide*, les hobgraquels étaient de terribles animaux de compagnie — à cause du suintement, des griffes et du bec, du régime à base de rats et tout ça —, mais les gens tentaient quand même leur chance. Ces bêtes avaient une personnalité remarquable, insistait Jeffrey Higgleston. Il avait également dit autre chose à leur sujet, mais je ne me rappelais pas ce que c'était…

La porte visqueuse de la cage éclata dans les airs. Gogo émergea comme une flèche. Des cris divers résonnèrent soudain dans la clinique.

Je me rappelai : la sueur d'un hobgraquel stressé

pouvait faire *fondre le métal*.

Gogo détala entre trois chaises vides et les renversa toutes. Il ressemblait exactement à l'illustration du *Guide*. Il avait un bec d'oiseau, mais une tête de pitbull. Ses ailes velues étaient tachetées de même que ses pattes composées d'un mélange égal de poils et de petites plumes. Sa queue était beaucoup, beaucoup plus longue que le reste de son corps. Elle mesurait plusieurs mètres et on aurait dit une corde qui se déroulait de la cage pour finir en une touffe de fourrure et de plumes. Il fouetta ses propriétaires au visage, puis renversa trois autres chaises de bureau.

J'avais les sourcils de plus en plus froncés.

Jeffrey Higgleston n'avait pas mentionné la queue.

Gogo bondit vers la porte vitrée de la clinique. Il la percuta, produisant le genre de bruit auquel on s'attend quand un animal ailé fonce dans une porte vitrée. Il laissa sur la vitre une grosse tache de fluide violet empestant les œufs. Plus il grimpa sur le mur et fit tomber les tableaux.

Mme Dreadbatch arborait une expression horrifiée.

— *Contrôlez votre monstre!* glapit-elle en tenant sa planchette à pince comme un bouclier.

— Gogo! gémit sa maîtresse. AU PIED!

Gogo refusa d'obéir. Il courut plutôt sur les murs sans

égard apparent pour la gravité. Des traces de pas violettes marquaient son passage.

— Gogo! criai-je. Tu dois arrêter!

— Non, je dois *fuir!* Fuir! La méchante dame va nous enlever à nos propriétaires! Elle va nous enfermer! Elle va nous envoyer au loin! *Fuyons!* riposta Gogo.

— Je rapporterai cet incident au SÉSAMES! vociféra Dreadbatch.

À cette menace, un vent de panique souffla sur l'hobgraquel et ses maîtresses. Et voilà que la poméranienne à cornes lilas se mit de la partie.

— Mamzelle! suppliai-je. Pas toi aussi! Que tout le monde se calme!

— Qu'est-ce qui se passe ici? s'écria Callie en réapparaissant derrière le comptoir.

Elle regarda Gogo, puis Mme Dreadbatch, et pour finir, moi. Je craignais qu'elle ne rejette le blâme sur moi, mais en ce moment elle semblait nous détester tous également.

— Un incident très éloquent! dit Mme Dreadbatch d'une voix assez forte pour couvrir les cris des animaux et les pleurs des propriétaires de Gogo. Voilà ce qui se passe!

Au son de sa voix, une nouvelle onde de panique déferla sur Gogo. Toutes griffes dehors, il s'accrocha à la fenêtre et hurla :

— Il faut sortir d'ici!

— Sauve-toi! cria Mamzelle qui essayait d'enfoncer la porte de la clinique avec sa corne centrale.

Le barbu tira sur sa laisse pour la ramener vers lui, mais elle s'accroupit et frappa de nouveau la porte. Des éclats de verre volèrent un peu partout.

— Une menace, continua Mme Dreadbatch. Un danger pour la société…

Gogo bondit par la fenêtre. Une de ses maîtresses tenta de l'attraper par une patte; cela suffit à lui faire perdre l'équilibre au milieu de son saut. Il tournoya dans les airs, sa queue s'enroula, de la sueur violette gicla…

Et il atterrit dans les bras de Mme Dreadbatch.

Tout le monde se figea. Gogo dégoulinait.

Mme Dreadbatch poussa un cri.

— Tout va bien ici! claironna une nouvelle voix.

Une voix calme, joviale et totalement *fausse* parce que (a) rien n'allait (b) la sueur de Gogo avait fait fondre la montre au poignet de Mme Dreadbatch et (c) un assez gros morceau de la porte d'entrée était coincé dans la corne centrale de Mamzelle.

— Tout va bien ici! répéta la voix.

C'était tante Emma. Depuis notre dernière rencontre, elle avait coupé ses cheveux bruns très court et teint une seule mèche inégale d'un rose vibrant. Elle portait une blouse rose pas aussi rose que ses cheveux. Elle s'avança à grandes enjambées dans la pièce, attrapa Gogo d'une main et offrit une serviette à Mme Dreadbatch de l'autre. Mme Dreadbatch se renfrogna, l'air courroucé, mais elle accepta la serviette.

Tante Emma prit la laisse de Mamzelle de la main du barbu et dit :

— S'il te plaît, Callie, apporte du savon désinfectant à Mme Dreadbatch et commande-lui une nouvelle montre. Mme Webster, pour l'instant, voyez si vous pouvez refermer la porte de la cage de Gogo avec les attaches que vous trouverez dans le tiroir du haut à droite. M. Rose, vous avez l'air nerveux, alors pourquoi n'iriez-vous pas marcher un peu dans le stationnement? Mme Dreadbatch, laissez-moi régler le problème de ces deux bestioles. À mon retour, nous pourrons remplir ces formulaires importants. Les autres, je vous prie de faire preuve de patience!

Tante Emma était très douée pour régler les problèmes, même si elle n'avait pas la faculté de parler aux animaux. Comme elle avait les bras pleins, elle donna un coup de pied à la porte de la pièce du fond.

Je me précipitai pour l'ouvrir. Elle cligna les yeux comme si elle venait juste de s'apercevoir de ma présence.

— Bonjour, tante Emma, dis-je humblement.

Elle sourit et même si elle paraissait quelque peu harassée, c'était un beau sourire.

— Salut, Pip. Bienvenue à Cloverton.

Une substance violette sous les aisselles

— Elles pensent vraiment que je boite? demanda Gogo, l'hobgraquel. C'est pour ça qu'elles m'ont amené ici?

Assis dans la salle d'examen numéro trois (occupée auparavant par les bébés trolls), Gogo et moi attendions tante Emma qui n'avait pas fini d'extirper les éclats de verre de la corne de Mamzelle. Gogo était beaucoup plus calme, en partie parce que Mme Dreadbatch n'était pas avec nous, mais surtout parce que sa course dans la clinique l'avait épuisé.

— C'est ce qui est écrit sur ton formulaire, dis-je en hochant la tête vers la planchette à pince. Tu ne boites pas?

— J'apprends le ballet, répondit-il d'un air vexé.

— Tu n'es pas blessé?

— Je suis blessé parce qu'on n'a pas apprécié mon interprétation du *Lac des cygnes*, soupira-t-il.

Il appuya sa tête sur sa queue enroulée. J'en profitai pour l'examiner et terminer la note que j'avais ajoutée au chapitre consacré à l'hobgraquel dans *Le guide des créatures magiques*.

Ce n'était pas le premier dessin ni la première note que j'ajoutais à ce *Guide*. Dans la préface, il était écrit qu'« un bon chercheur continuera à étudier et à découvrir des créatures magiques sur toute la planète ».

Je voulais vraiment être une bonne chercheuse.

La porte de la salle d'examen s'ouvrit à la volée et tante Emma entra.

— Tes cheveux ont poussé, Pip! Je regrette les choses insensées qui se sont passées dans la salle d'attente. Mme Dreadbatch… eh bien… elle n'a pas une *énergie* très positive avec les animaux.

Je pensai qu'elle avait décrit la situation d'une façon très délicate.

Elle aperçut mon *Guide*.

— J'aime bien la note que tu as ajoutée. Je suppose que cette queue n'est pas mentionnée dans le chapitre sur l'hobgraquel, n'est-ce pas?

Elle se frotta la tête en le disant. Il y avait de la sueur violette de Gogo sur sa main et sur sa tête aussi maintenant,

Hobgraquel commun

Ses ailes rendent l'hobgraquel apte à voler, bien qu'il préfère marcher.

Les hobgraquels ont un angle mort sous leur bec — toujours approcher l'animal de face ou de côté pour éviter de l'effaroucher.

Les jeunes hobgraquels ne peuvent voler avant l'âge de 8 ou 9 mois.

Très longue queue = 4,5 m

Les pattes sont protégées par des poils raides, et des plumes duveteuses leur tiennent chaud.

Le pelage de l'hobgraquel est court, lisse et moucheté. S'il n'y a pas de taches, vérifiez les oreilles. Vous êtes peut-être en présence d'un griffon miniature ou d'un jeune pied sanglant. Dans ce dernier cas, vous remarquerez des épines vénéneuses sous la queue.

___

TAILLE : de 74 à 86 cm à l'encolure
POIDS : Mâles, 13 kg, femelles, 26 kg
DESCRIPTION : L'hobgraquel commun fait partie des quatre espèces d'hobs qu'on retrouve en Amérique du Nord. Il est surtout connu pour la sueur violette qu'il produit en grande quantité en état de stress. Les férus de

mais cela n'avait pas l'air de la déranger.

— Je n'avais jamais vu d'hobgraquel avant, dis-je. Personne n'en garde comme animaux de compagnie à Atlanta parce qu'ils ont besoin de beaucoup d'espace. J'ai tellement hâte de rencontrer d'autres créatures magiques.

— Oui, ta mère m'a dit que tu les aimes encore beaucoup. Je voudrais bien que Callie s'y intéresse davantage, ajouta-t-elle tristement. Dommage qu'il n'y ait aucune comédie musicale sur les animaux magiques, hein? Bon, enfin, je suis sûre que tu apprendras plein de choses ici.

— Je veux vraiment aider, dis-je. Gogo, par exemple. Il ne boite pas vraiment! Il danse le ballet! Il me l'a dit.

Tante Emma ne répondit pas tout de suite. Elle ne me regarda pas avec cette expression qui signifiait *Cette enfant est folle*. Mais elle pencha un peu la tête. Elle devait penser à l'incident des licornes.

Elle finit par poser une main sur mon épaule, y laissant une petite tache de la sueur de l'hobgraquel.

— Ma petite Pip, je sais que tu aimes les animaux, surtout les animaux magiques. Moi aussi! Et j'ai parfois vraiment l'impression qu'ils me parlent. Mais essaie de te rappeler que ce n'est qu'un effet de ton imagination. Les bêtes ont besoin de gens comme nous précisément *parce qu'*elles ne peuvent pas parler!

— Mais elles parlent, tante Emma…

La porte de la salle d'examen s'ouvrit et Callie entra, affichant une expression aussi cordiale qu'un sac de vipères parisiennes scintillantes. Elle tenait un seau d'eau et quelques chiffons maculés de taches violacées.

— Vous avez une conversation intéressante, à ce que je vois. J'aurais besoin d'un peu d'aide, dit-elle. Je ne fais pas de miracles. Je ne suis qu'une fille. Une fille surmenée, obligée de travailler tous les jours comme une esclave dans l'entreprise de sa mère, une fille qui reçoit à peine une allocation, n'a jamais un instant de répit pour la dépenser, et qui sacrifie son enfance pour que sa mère puisse…

— Ça va, très bien, Callie, tu es un peu théâtrale, tu ne crois pas? De quoi as-tu besoin? l'interrompit tante Emma.

— Bouboule, répondit Callie. C'est l'heure de sa promenade.

— Je peux m'en occuper, proposai-je.

Je ne savais pas qui était Bouboule, mais j'étais prête à me servir de tous les prétextes pour mettre fin à cette conversation sur les animaux qui parlent. Je voulais qu'on me croie, mais je voulais encore plus que tante Emma m'aime.

Callie et sa mère froncèrent les sourcils. En fait, Callie avait déjà les sourcils froncés. Elle ne fit que les froncer davantage.

— Peut-être… commença tante Emma. Je suppose que je pourrais appeler Angelina et demander à son fils de t'accompagner. Vous êtes du même âge. Nous pensions que vous pourriez devenir de bons amis.

— Bonne chance, grogna Callie.

— Oh! Je peux y aller toute seule, me hâtai-je de répondre.

Ce n'était pas parce que je ne *voulais* pas avoir des amis. J'étais juste plus habile à parler avec les animaux qu'avec les gens. J'ignorais qui était Bouboule, mais je savais que la conversation serait plus facile avec lui qu'avec un humain inconnu.

— Je pense que ce sera plus amusant si tu y vas avec Tomas, insista tante Emma. D'ailleurs, je n'aime pas l'idée de te voir faire toute seule le tour du pâté de maisons. Je ne veux pas que tu… t'égares.

— Que tu te perdes dans la nature, traduisit Callie. Pour toujours.

J'arrivais d'Atlanta, une ville bien plus grande que

Cloverton, alors je ne croyais vraiment pas que je pourrais me perdre en faisant un simple tour du pâté de maisons. Mais comme je n'étais pas très douée pour parler aux gens, je l'étais *encore moins* pour discuter avec eux. Alors plutôt que d'essayer de la faire changer d'idée, je demandai à tante Emma :

— Qui est Bouboule?

— Viens avec moi, grommela de nouveau Callie.

Bouboule était un griffon. Plus précisément un griffon miniature soyeux.

Encore plus *précisément* un griffon miniature soyeux très *âgé* qui n'aimait pas les gens, les animaux et les bruits forts, doux ou entre les deux. Callie pointa le doigt vers lui au sommet d'une étagère dans la pièce réservée au classement. La vue des dossiers effilochés autour de lui montrait qu'il s'y était fait un nid.

— Ne le tire pas, me dit Callie en me tendant une laisse. Et ne laisse personne s'approcher de lui. Il n'est pas amical. Et ne chante pas près de lui. Il déteste le chant. Maman dit que Tomas t'attendra devant sa boîte aux lettres. C'est celle avec les fleurs de soucis.

Elle disparut à la vitesse de l'éclair.

— Bouboule? appelai-je. Je suis Pip, la nièce de tante

Griffon miniature soyeux

Plusieurs propriétaires préfèrent faire enlever les cornes de leurs griffons pour éviter que d'autres animaux de compagnie ne se fassent accidentellement encorner.

Les petites ailes signifient que la plupart sont incapables de voler parce qu'ils sont friands des restes de table et ont tendance à s'empiffrer.

Bec velouté propre aux variétés de griffons miniatures

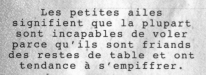

Le pelage doux et soyeux doit être bien entretenu pour éviter qu'il ne s'emmêle.

Les sabots du griffon miniature soyeux doivent être taillés toutes les six semaines sinon le griffon souffrira de crampes dans les pattes.

Les sabots ont une odeur de gomme à effacer.

TAILLE : 38 cm à l'encolure

POIDS : mâles 9 kg, femelles 8 kg

DESCRIPTION : Le griffon miniature soyeux est la variété la plus populaire du griffon domestique. Il a été rendu populaire à Atlantic City par une danseuse gitane qui s'en servait pour ses spectacles de flamenco. Dévoué, sociable et facile à entraîner, il fait un excellent animal

Emma. Je suis censée t'amener en promenade.

— Il était temps, répondit-il.

Il avait une vieille voix cassée. Il ne semblait pas surpris de m'entendre lui parler directement. Il sauta de l'étagère et glissa sur le sol. Le pelage autour de sa tête était argenté et les plumes qui couvraient son dos et ses ailes étaient multicolores, comme des feuilles à l'automne. Je voulus le toucher pour voir s'il était aussi soyeux qu'il semblait l'être, mais en le voyant dresser nerveusement les oreilles, je devinai que cela ne lui ferait pas très plaisir.

Je me contentai donc d'attacher la laisse à son harnais et sortis avec lui. Je n'avais jamais vraiment pensé aux odeurs d'un endroit, mais celles de Cloverton étaient très différentes de celles d'Atlanta. Des effluves de chèvrefeuille et de foin s'échappaient d'une petite écurie qui abritait les grandes créatures magiques. Je reconnus aussi une odeur de biscuits en train de cuire dans une des maisons voisines. C'était agréable. Mes parents n'étaient pas du genre à faire des biscuits — et manifestement, tante Emma non plus. Ou si elle l'était, elle était trop occupée pour en faire —, mais j'aimais l'idée de gens faisant des biscuits aux alentours.

Tout en marchant dans la longue allée bordée de fleurs de la clinique, j'essayai de discuter avec le griffon.

— As-tu entendu le vacarme tout à l'heure? L'hobgraquel…

— Oh! Ces hobgraquels *violets*! renifla Bouboule.

— Il n'a pas pu s'en empêcher. C'est vrai que tu détestes le chant?

— Surtout quand c'est Callie qui chante, répliqua le griffon en me lançant un regard perçant.

Il grommela quand nous passâmes à côté de l'édifice voisin de la clinique des créatures magiques de Cloverton. Comme la clinique était une ancienne maison, elle était entourée d'autres maisons. Certaines étaient maintenant des commerces du genre très sérieux, comme un bureau d'avocats, de comptables ou une boutique d'antiquités.

Un garçon se tenait devant une de celles qui étaient encore des maisons. À en juger par les fleurs de soucis qui entouraient sa boîte aux lettres, il s'agissait de Tomas.

Il était mince et menu, avec des mains et des lunettes qui semblaient deux fois trop grosses pour son corps. Il était si propre qu'il brillait, mais ses cheveux étaient hérissés comme s'il les avait frottés contre un ballon. Tomas me regarda, puis il regarda Bouboule, puis moi de nouveau. Je pensai à la façon dont je le décrirais dans le *Guide*.

Je me demandai pourquoi ma tante et la mère de Tomas

Tomas Ramirez

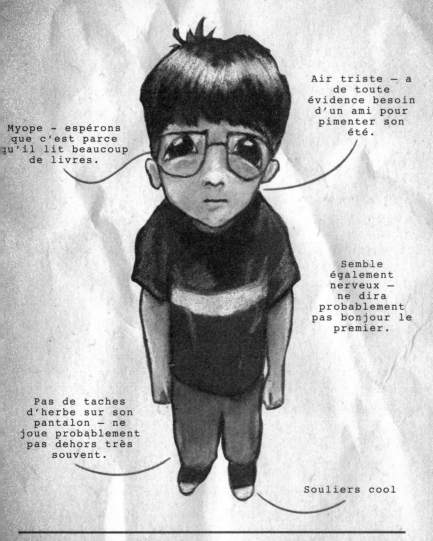

Air triste — a de toute évidence besoin d'un ami pour pimenter son été.

Myope - espérons que c'est parce qu'il lit beaucoup de livres.

Semble également nerveux — ne dira probablement pas bonjour le premier.

Pas de taches d'herbe sur son pantalon — ne joue probablement pas dehors très souvent.

Souliers cool

TAILLE : Plus petit que moi. Mais pas beaucoup.
POIDS : Ne risque pas de s'envoler.
DESCRIPTION : À ajouter après observation plus approfondie du sujet.

pensaient que nous pourrions nous lier d'amitié. Il avait à peu près mon âge, c'est vrai, mais à voir comment il regardait Bouboule, il ne raffolait pas des animaux. De quoi allions-nous parler? J'essayai de penser à Marisol et à ce qu'elle dirait à ce garçon.

— Pourquoi es-tu nerveuse? me demanda Bouboule.

J'avais toujours entendu dire que les griffons miniatures soyeux étaient particulièrement doués pour déchiffrer les émotions, mais Bouboule avait deviné ce que je ressentais sans même me jeter un regard. J'étais impressionnée.

— Tante Emma dit que je dois être amie avec ce garçon, répondis-je en hochant la tête en direction de Tomas. Je n'ai pas beaucoup de talent quand il s'agit de me lier d'amitié avec des humains.

— Celui-là?

Bouboule plissa les yeux vers le garçon qui nous regardait approcher.

— À mon avis, ça devrait fonctionner.

— Vraiment? Pourquoi?

— Parce que vous avez l'air aussi bizarre l'un que l'autre. Les humains se lient d'amitié avec d'autres humains qui ont les mêmes bizarreries. Emma a des amis qui aiment les animaux. Callie est amie avec des gens qui m'agacent.

Oui. Il te convient. Aussi bizarre que toi.

Mais il devait se tromper. Tomas semblait avoir plus de points communs avec Marisol. Ils étaient tous deux si *impeccables*. Bouboule se racla la gorge et me traîna vers Tomas.

— Eh bien, dis-lui quelque chose, grogna-t-il.

Je ne pouvais croire que je me laissais donner des ordres par un griffon de la taille d'un gros grille-pain. Mais je demandai au garçon :

— Qu'est-ce que tu fais?

— Je t'attends pour faire le tour du pâté de maisons.

— Non, je veux dire, pourquoi es-tu debout au milieu de la rue? Ce n'est pas très prudent.

— Je dois éviter les soucis, dit-il en indiquant les fleurs autour de sa boîte aux lettres. Je suis allergique.

— Aux soucis?

— Aux fleurs.

Je regardai autour de moi. Ce deuxième examen confirma que les environs étaient pleins de fleurs.

— Dans ce cas, tu ne devrais pas plutôt rester à l'intérieur? Il y en a partout.

— Ma mère dit que j'ai besoin d'air frais, répondit-il en poussant un terrible soupir. Elle ne comprend pas que je suis allergique à l'air aussi.

Bouboule avança brusquement.

Tomas poussa un cri semblable à un pneu de vélo en train de se dégonfler et recula d'un bond. Mais le griffon n'attaquait pas, il voulait juste prendre une énorme bouchée de soucis. Il les mâchouilla et son bec fut couvert de taches jaunes. Même s'il émettait des petits sons ravis comme si les fleurs étaient succulentes, son expression était encore revêche.

— Les griffons sont hypoallergènes, dis-je pour rassurer Tomas qui semblait effrayé.

Un chapitre du *Guide* était consacré aux animaux de compagnie recommandés aux gens qui souffraient d'allergies, et les griffons en faisaient partie. Même les individus très sensibles avaient rarement des réactions allergiques en présence de griffons. C'était important parce que les personnes allergiques aux créatures magiques avaient des réactions plutôt... *magiques*.

— Qu'ils soient hypoallergènes ne les empêche pas de mordre, répondit Tomas. Les bactéries dans leur gueule peuvent terrasser un adulte, tu sais. Et je ne suis pas un adulte. J'ai une prédisposition aux infections même mineures. Et ce griffon a déjà l'air de vouloir me mordre.

— C'est juste son expression, dis-je en prenant mentalement note de me rappeler cette affaire de bactéries dans la gueule des griffons pour l'ajouter au *Guide*.

J'étais très impressionnée que Tomas sache une chose que j'ignorais sur les griffons. Ça se produisait très rarement.

Tomas éternua soudain si fort que ses cheveux se mirent à onduler sur sa tête. Il regarda les soucis d'un air accusateur, puis il dit :

— Callie a parlé de toi à mes frères. Et ils m'ont répété ce qu'elle a dit. As-tu vraiment provoqué une cavalcade de licornes à ton école?

— Oui, soupirai-je.

C'était plus facile de répondre « oui » que de tout expliquer. Bon, peut-être pas plus *facile*, car je me sentais vraiment triste de savoir que tout le monde pensait que j'avais simplement décidé d'enfourcher une licorne ce jour-là. À tout le moins, dire « oui » rendait les choses pas mal moins compliquées.

— Et l'*autre* partie est vraie aussi? Tu crois vraiment pouvoir parler aux créatures magiques?

Il haussa les sourcils, ce qui fit glisser ses lunettes sur son nez.

Eh bien! Tomas allait droit au but, n'est-ce pas?

Je me renfrognai.

— Je ne *crois* pas pouvoir le faire. Je ne fais pas semblant. Je leur parle vraiment.

Je me préparai à ce qu'il se moque de moi, me montre du doigt, ou me regarde peut-être d'un air médusé.

— C'est incroyable! s'écria plutôt Tomas.

Sans me laisser le temps de protester, il ajouta :

— Jusqu'à présent, je suis allergique à trois cent quarante-sept choses. J'ai la maladie des os de verre, et mon sang coagule difficilement. De plus, j'ai tendance à avoir des commotions cérébrales. C'est *incroyable*, me disent toujours les gens.

Bouboule avait fini de manger les soucis. Il n'avait laissé que de petits bouts verts qui sortaient de terre comme des clous.

— Attends, veux-tu dire que tu me crois? demandai-je à Tomas.

Il haussa les épaules. Ce n'était pas un « oui », mais, pour la première fois, ce n'était pas un « non ».

Le griffon miniature tira soudain sur sa laisse.

— J'ai fini de manger, maugréa-t-il. Alors, allons-y.

Il me tira un peu plus loin de quelques pas. Pour un

frêle et vieux griffon de la taille d'un grille-pain, il était plutôt costaud.

— On y va maintenant? *Tout de suite?* demanda Tomas.

Il sortit un inhalateur de sa poche et en aspira quelques bouffées, l'air un peu traumatisé à l'idée que c'était finalement le moment de partir.

— Tu n'es pas obligé de venir si tu as vraiment peur, répondis-je, même si je voulais maintenant qu'il m'accompagne. Je reviendrai te rendre visite dans ta cour.

— Je ne peux jamais rien faire, dit Tomas. Tout est trop dangereux. Mes frères jouent au football, ils vont camper et ils mangent des produits laitiers. Moi, je ne peux jamais rien faire.

Il fit donc un pas, puis un autre. Il allait de plus en plus vite et nous avions parcouru à peu près la moitié du pâté de maisons quand il s'écria :

— Je marche! Je fais le tour du pâté de maisons! Je n'ai ni migraine ni mal de ventre ni syncope, et je n'ai pas réagi au pollen de pissenlit! Il faudra recommencer. Vas-tu rester longtemps ici?

— Tout l'été.

Bouboule s'arrêta brusquement et je tirai

accidentellement sur sa laisse.

— *Hé!* grogna-t-il.

— Pardon, dis-je. Qu'est-ce que tu fais?

— Quoi? demanda Tomas.

— Je posais la question à Bouboule, répondis-je en montrant le griffon.

Tomas haussa les sourcils, mais il ne me dit pas que j'étais bizarre.

— Continue, dit-il.

— Bien. Qu'est-ce que tu fais? répétai-je à Bouboule.

— Je renifle.

Cette section du trottoir était bordée de haies et il se mit à creuser dans le sumac qui poussait dessous.

— C'est curieux. Regardez.

Tomas et moi nous arrêtâmes pour observer Bouboule qui inspectait le sumac. Il sortait de la… fumée de la partie qu'il flairait. Les feuilles étaient noircies et recroquevillées, comme si elles essayaient de s'enflammer, mais elles étaient trop humides.

Je n'avais jamais vu de plantes brûler, mais je supposai que je devais réagir comme lorsque je voyais n'importe quoi brûler.

Autrement dit, il fallait aller chercher un adulte.

— On doit le dire à quelqu'un, dis-je. Même si ça ne brûle pas vraiment, ça…

De fines gouttelettes d'eau furent alors vaporisées. Elles venaient d'un gros flacon de solution saline pour les yeux que Tomas avait sorti de sa poche. Il en aspergea toutes les feuilles jusqu'à ce qu'elles cessent de fumer. Puis il reboucha le flacon et le remit dans sa poche.

J'étais subjuguée.

— Tu en as toujours avec toi? demandai-je.

— Il faut bien. J'ai souvent les yeux secs, répondit-il en haussant les épaules.

Nous examinâmes les feuilles mouillées. Bouboule avait reçu de la solution saline dans l'oreille et il semblait de mauvais poil.

— D'après toi, pourquoi ces feuilles brûlaient-elles? demandai-je. Je ne vois rien qui aurait pu les enflammer.

— Je ne sais pas, répondit Tomas, mais ça ne me plaît pas. Et puis, si on inhale de la fumée de sumac vénéneux, on peut avoir une éruption dans les poumons.

Je sondai le sol avec une branche.

— Ce n'est pas du sumac vénéneux, dis-je.

— Je *sais*. Je te disais juste ce qui arriverait si c'en *était*.

Je me tapotai le menton.

— C'est intéressant, Tomas. J'aime les choses intéressantes.

Il se hâta de me rattraper quand je me remis à marcher.

— Je suis presque sûr d'être allergique aux choses intéressantes, dit-il.

CHAPITRE
3

Parfois, les choses s'enflamment

Au bout de deux jours à Cloverton, je connaissais déjà la routine. Je me levais de bon matin, je mangeais vite, puis j'allais à la clinique préparer les choses avant le défilé des patients. Tante Emma m'avait confié de petites tâches, ce qui m'enchantait, même si les tâches en question n'avaient rien d'enchanteur.

Voici la liste abrégée de mes corvées :
1. Enlever les crottes dans l'enclos des cochons poilus cornus.
2. M'assurer que les oiseaux nectars luisants avaient suffisamment de toiles d'araignée dans leurs cages.
3. Déterrer cent punaises obèses dans la cour pour que tante Emma puisse en faire un médicament.

(Je me disais que la maladie devait être assez grave s'il fallait prendre un médicament à base de punaises obèses.)

Mes tâches avaient cependant un aspect positif : j'apprenais des choses qui n'étaient pas répertoriées dans le *Guide*. Je supposai que Jeffrey Higgleston aurait été impressionné en voyant toute l'expérience que j'acquérais. Il aurait appelé ça de la *recherche sur le terrain*.

Cet après-midi-là, tante Emma vint me voir dans la grande écurie où je faisais ma recherche sur le terrain : j'observais les griffons communs pendant qu'ils mangeaient. (Saviez-vous qu'ils sont les seuls griffons à avoir des dents en plus de leur bec? Maintenant, vous le savez.)

— Je dois aller visiter un patient en fin de journée. Aimerais-tu m'accompagner? me demanda tante Emma.

Nous connaissions toutes deux ma réponse.

— Tomas peut-il venir avec nous? demandai-je à mon tour.

Elle parut contente d'avoir choisi un si bon ami pour moi.

— Il peut venir si ses parents sont d'accord, répondit-elle. Et s'il apporte son inhalateur.

Une demi-heure plus tard, Tomas, tante Emma et moi arrivâmes devant une belle maison blanche. Des plantes en forme de spirales ornaient les deux côtés de la porte. Cette maison était propre et pimpante comme celles qu'on voit dans les magazines. Elle me rappelait un peu la maison de ma grand-mère — celle qui aimait se faire appeler grand-monnaie —, et ça signifiait probablement que ses habitants me diraient de ne pas laisser de marques de doigts sur les murs. À mon grand soulagement, tante Emma nous entraîna dans la cour sans frapper à la porte d'entrée.

— Pourquoi le propriétaire n'amène-t-il pas son animal de compagnie à la clinique? demanda Tomas.

— Régent Maximus peut se montrer difficile, répondit tante Emma par-dessus son épaule en faisant passer sa grosse sacoche d'une main à l'autre. Il est un peu timide.

Je remarquai soudain que nous nous dirigions vers une petite écurie peinte de la même couleur que la maison. Régent Maximus était-il un griffon commun? Un pégase? Sûrement pas...

— Une licorne! s'exclama Tomas quand tante Emma fit glisser la porte de l'écurie.

Mon estomac se retourna. Des licornes! Moi! À quoi tante Emma avait-elle pensé?

Je n'avais pas vu de licorne vivante depuis l'incident à l'école, et pour dire la vérité, je n'étais pas pressée d'en revoir une. Je les trouvais encore belles et fascinantes, mais je n'étais pas près d'oublier qu'elles étaient aussi vaniteuses, désobéissantes et peu respectueuses des géodes fragiles.

— Je ferais mieux de rester dehors, dit Tomas. Je suis vraiment allergique aux licornes.

— Je devrais peut-être rester avec toi, dis-je lentement.

— Non, ça ira, répondit Tomas sans remarquer mon expression qui proclamait *Je-veux-rester-ici.*

— Non, Pip, tu dois voir ça, dit tante Emma. Ça va te plaire. Allez, viens.

Sans me laisser le temps de trouver un prétexte, elle me fit signe de la suivre.

Je ne voulais pas sembler peureuse, et si tante Emma avait oublié l'incident des licornes, je ne voulais pas le lui rappeler. Je la suivis.

— Salut, Régent Maximus, dit tante Emma d'un ton apaisant.

L'écurie dégageait une odeur poussiéreuse et fleurie, comme un vieux pot-pourri.

— Comment va mon joli garçon?

Je ris tout bas en pensant que l'animal devait adorer qu'on lui dise qu'il était joli. Mais je n'allais certainement pas le lui dire. Non, j'allais juste faire semblant de ne pas

Licorne

non

n'écoute pas

non

non

La corne de la licorne est l'arme la plus pure du monde naturel.

Bien que braves quand elles sont seules, les licornes ont tendance à prendre peur quand elles sont en groupe.

voler la vedette

Les oiseaux de juin aiment nicher dans la queue des licornes.

a peau irisée à l'intérieur des narines indique la lignée de la licorne.

irrespectueuse des géodes fragiles

non

NON

Leurs sabots très robustes sont faits d'une matière semblable aux pierres précieuses.

Les licornes ont la peau très sensible; on doit garnir leurs stalles de fleurs comme de la lavande ou des dahlias.

cassent tout

TAILLE : de 75 à 205 cm

POIDS : de 180 à 1 450 kg

DESCRIPTION : De tous les animaux magiques, la licorne est, à juste titre, le plus célèbre. Cette créature noble et courageuse peut être de différentes formes et couleurs. On trouve des licornes sur tous les continents, et elles inspires des légendes depuis des siècles. Compagne vibrante, elle est appréciée pour son apparence et pour sa corne qui est sans comprendre un mot de ce qu'il disait. Maman me répétait toujours qu'on apprend de ses erreurs et j'avais appris ma leçon : il est fortement *déconseillé* de parler aux licornes. Celle-ci poussa un cri strident.

— *Tu viens pour me faire mal!*

Ma tante et moi sursautâmes. La licorne s'enfuit au fond de sa stalle et tomba dans les tiges de chèvrefeuille et de lavande séchés, toute tremblante.

Mon cœur battait à tout rompre.

— Un *peu* timide? dis-je.

— Peut-être plus qu'un peu, répliqua tante Emma en mettant une main sur sa poitrine.

— Ça va? cria Tomas depuis la porte de l'écurie. Faites attention! Les blessures causées par une corne de licorne sont difficiles à suturer. On peut se vider de son sang en quelques secondes. Je n'ai apporté qu'une boîte de pansements!

— Tout va bien, Tomas! répondis-je.

Enfin, tante Emma et moi allions bien. Quant à Régent Maximus, affolé, il enfouissait sa tête dans la paille. Je fronçai les sourcils. J'aurais vraiment, vraiment voulu dire à la licorne que nous ne venions pas pour lui faire mal, mais je ne desserrai pas les lèvres. Une voix grave résonna soudain à l'avant de l'écurie.

— C'est vous, Emma?

Un homme en costume s'avançait derrière Tomas. Il ressemblait à la maison : propre et pimpant, tout en lignes droites.

— Bonsoir, Bill! claironna tante Emma. Je vous croyais encore outre-mer! Quand êtes-vous rentré?

— Plus tôt aujourd'hui.

Il nous examina, pensant peut-être aux marques graisseuses que Tomas et moi pourrions laisser.

— Ma nièce Pip et son ami Tomas, expliqua tante Emma en nous présentant à tour de rôle. Ils me donnent un coup de main. Pip et Tomas, je vous présente M. Henshaw.

— Je vois, dit M. Henshaw. Vous êtes venue lui donner sa pilule mensuelle contre les vers lutins, n'est-ce pas? Comment cela se passe-t-il?

— Il n'a encore encorné personne, répondit Tomas depuis la porte.

Il tenait un paquet de mouchoirs dans une main et un flacon de vaporisateur nasal dans l'autre. Malgré tout ce qu'il racontait à propos de ses allergies et du monde qui cherchait à le tuer, je n'avais constaté aucune réaction chez lui pendant les deux jours que nous avions passés ensemble.

Je me sentais soulagée. À présent que je m'étais habituée à parler avec lui, j'aimais vraiment Tomas.

— Il n'allait pas nous encorner, intervins-je vivement. Mais je ne m'attendais pas à ce qu'il soit aussi… timide.

— Oui, eh bien… fit M. Henshaw en se frottant les tempes. Régent Maximus est censé être une licorne de spectacle, vous savez. Son vrai nom est Mensonges multicolores dans la tête couronnée. Il m'a coûté une fortune.

— Tout le monde n'est pas fait pour se produire en spectacle, j'imagine, dit tante Emma en farfouillant dans sa sacoche.

Elle en sortit un flacon avec une seule pilule au fond. Régent Maximus avait sorti sa tête de la paille et il la regarda d'un air inquiet du fond de sa stalle. Des brindilles parsemaient sa crinière irisée, à présent hérissée. Il ne ressemblait en rien aux licornes des Barrera.

— Avez-vous une pomme? reprit tante Emma. Ou mieux encore un rayon de miel? Quelque chose avec quoi je pourrais l'attirer? Nous pourrions le forcer à avaler la pilule, mais je crois qu'à long terme il serait préférable de lui montrer que ce n'est pas aussi difficile qu'il le croit.

— Je ne sais pas trop ce qu'il aimerait… Si nous allions

jeter un coup d'œil? dit M. Henshaw en faisant un geste vers la maison.

— Bien sûr! répondit tante Emma. Pip et Tomas, vous pourriez attendre ici et essayer de l'habituer à la présence de gens dans l'écurie.

— Est-ce vraiment une bonne idée? demandai-je.

— Mais pas de chevauchée à dos de licorne, ajouta-t-elle en me faisant un clin d'œil.

Elle n'avait donc pas oublié! Elle me faisait confiance, tout simplement. C'était une sensation merveilleuse. J'acquiesçai d'un signe de tête et elle disparut avec M. Henshaw.

— Pauvre de moi! Pauvre, pauvre de moi! Ils vont me faire mal! marmonnait Régent Maximus dans sa stalle. Oh! Attendez! Ils sont partis! Je suis sauvé!

Je croisai les bras. *Pas question* que je parle à cette licorne.

— Oh! Non! Les petits sont encore là! Ce sont sans doute les plus dangereux.

J'aperçus la tête de Régent Maximus au-dessus de la stalle. Il écarquilla ses yeux larmoyants et me regarda, terrorisé.

— Je parie que c'est elle qui va me manger.

— Je ne vais pas te manger! dis-je sans réfléchir.

Les yeux de Régent Maximus étaient maintenant *vraiment* écarquillés.

— Tu peux comprendre ce que je dis et me parler!

— Je *peux*, mais j'essaie de ne pas le faire, répondis-je en soupirant.

— Tu ne veux pas te montrer amicale parce que tu vas me manger.

— Je ne vais pas te manger!

Tomas se pencha dans l'écurie.

— Tu parles à cette licorne, Pip?

Je sursautai.

— Oui, je…

— Tu *vas* me manger! gémit Régent Maximus.

— Attends, non, je parlais à Tomas, dis-je.

Mais c'était inutile, Régent Maximus donnait maintenant des coups de patte désespérés dans la porte de sa stalle. Il essayait de s'échapper. Le bois commença à se fendiller.

Il était aussi théâtral que les autres licornes. Malgré ma colère contre les licornes en général, je dois admettre que Régent Maximus me faisait pitié. Ce n'est jamais amusant d'avoir peur.

— Est-ce qu'il attaque? hurla Tomas. Je ne survivrai pas s'il attaque! Mon sang coagule très lentement!

— Le garçon brillant me crie après! C'est un cri de guerre! Sauvez-moi! cria Régent Maximus par la petite fenêtre de sa stalle. Est-ce que quelqu'un m'entend? Ils vont me manger…

— Taisez-vous, tous les deux! hurlai-je, assez fort pour qu'un oiseau nectar sauvage niché au plafond s'envole en maugréant.

Tomas et Régent Maximus se turent. J'inspirai profondément.

— Aucun de nous deux ne va te manger, Régent Maximus. Nous crois-tu réellement capables de manger une licorne adulte? Et, Tomas, Régent Maximus *n'attaque pas*. Tout le monde a compris?

Ils me regardèrent d'un air méfiant.

À voix très, très basse, Régent Maximus chuchota la gueule en coin :

— Si ce garçon ne veut pas me manger, pourquoi se cache-t-il dans l'ombre?

Ce n'était pas tout à fait vrai. Tomas se tenait en pleine lumière. En vérité, c'était la licorne qui se cachait dans l'ombre. Mais je voyais ce qui la troublait.

— Veux-tu venir lui dire bonjour, Tomas? demandai-je. Il pense que tu ne l'aimes pas.

— Je l'aime. Je ne veux pas mourir, c'est tout.

Tomas entra quand même. Il avait à peine fait un pas quand il se mit à éternuer.

— Hé! Tu es vraiment très allergique aux licornes, dis-je.

— C'est juste la lavande, répondit Tomas.

Mais il était si congestionné que j'entendis : « Z'est juste la labande. » Sachant que Régent Maximus ne le comprendrait pas s'il disait vraiment bonjour, Tomas se contenta de faire un petit salut de la main.

— Tu vois, Régent Maximus? Nous ne sommes pas redoutables, dis-je.

Je pris le flacon et secouai la pilule bleu vif qu'il contenait.

— Alors, regarde : tout ce que tante Emma veut, c'est que tu prennes cette pilule.

— Elle est *bleue*, geignit la licorne.

— Oui, approuvai-je. N'est-ce pas joli? Elle t'empêchera d'attraper des vers lutins. Crois-moi, tu ne veux pas en attraper… ils creusent leur nid dans ton… bon, peu importe. Tu n'en veux pas, c'est tout.

Régent Maximus fit nerveusement bouger ses oreilles d'avant en arrière.

— Tu vas me l'enfoncer dans la gorge?

— Je n'ai vraiment pas envie de faire ça, répondis-je. Si tu te contentes de l'avaler, cela ne prendra qu'une seconde.

La licorne pesa le pour et le contre. Elle trépigna. L'espace d'un instant, je crus qu'il ne se passerait rien. Puis elle étira le cou vers moi pour ne pas être obligée de s'approcher. Son museau passa par-dessus le mur de la stalle.

— Attention, Pip! murmura Tomas en jetant un regard craintif à la corne de Régent Maximus.

La corne était plus brillante et plus longue que celle de Frisson, et j'en fus contente pour lui. Il pencha la tête, pressa le bout de son museau dans ma main et avala la pilule tout rond.

— Voilà! m'exclamai-je. Tu vois? Était-ce si terrible?

— Oui, dit Tomas d'une voix étranglée.

Il hoqueta bruyamment. Un hoquet bizarre. En même temps, une bulle verte fluo sortit de sa bouche.

— Oh! dis-je. Comment as-tu fait ça?

— Je (*hic* — une bulle violette) t'ai dit (*hic* — une bulle fuchsia) que j'étais particulièrement (*hic* — une bulle bleue) allergique aux licornes. C'est ce qui arrive!

Comme je l'avais dit précédemment, les allergies aux créatures magiques étaient assez rares. Je n'avais jamais connu personne qui en souffrait. Et même si je savais que les réactions étaient censées être bizarres, je fus abasourdie de voir à quel point.

— Tu vas bien? demandai-je.

— Si tu appelles *ça* aller bien! rétorqua-t-il d'un air mécontent.

Il hoqueta plusieurs fois de suite et toute l'écurie fut remplie de bulles multicolores. Elles rebondirent et finirent par éclater en touchant le plafond.

Régent Maximus lui-même ne put s'empêcher de rire. Nerveusement, mais c'était quand même quelque chose.

— Ça va s'arrêter, non? demandai-je.

Tomas hoqueta une bulle jaune comme le soleil.

— Dans quelque t…

La fin du mot se perdit quand une bulle rose se forma. Je lui souris.

— C'est fantastique, pas vrai? À part les bulles, je veux dire. Nous avons aidé une licorne!

Je vis Tomas esquisser un sourire à travers une grosse bulle jaune.

— Hé! Qu'est-ce que ça sent? demanda-t-il entre deux hoquets (une bulle orange et une autre bulle jaune).

Je reniflai. Il y avait *vraiment* une odeur étrange. Les yeux plissés, je scrutai l'écurie. Nous vîmes tous trois en même temps ce que c'était.

De la fumée.

Dans la dernière stalle, une épaisse volute de fumée noire montait vers le plafond.

— Au feu! crièrent presque à l'unisson Régent Maximus et Tomas.

Cette fois, on ne pouvait l'éteindre avec un flacon de solution saline pour les yeux. Il était trop gros.

— Vite! hurlai-je à Tomas. Aide-moi!

Il se hâta de m'aider à soulever le seau d'eau de la licorne. La fumée nous faisait tituber.

La stalle inoccupée était déjà remplie de flammes qui grimpaient avidement vers le plafond. Nous n'entendîmes qu'un crachotement quand nous jetâmes le contenu du seau sur le feu. De la vapeur roula vers nous en poussant les bulles multicolores vers le haut. Il nous aurait fallu beaucoup plus d'eau pour vaincre ces flammes. La fumée me brûlait les yeux.

— Tomas, va chercher tante Emma!

J'avais dû crier pour me faire entendre par-dessus les craquements du bois dévoré par le feu. Tomas se rua hors de l'écurie et je saisis un licou argenté suspendu au crochet à côté de la stalle de Régent Maximus.

— Régent Maximus, tu m'écoutes? Il faut sortir d'ici.

Folle de terreur, la licorne était en train de saccager sa stalle. Sa corne semblait particulièrement menaçante à la lueur du feu. Je ne pouvais ouvrir la porte; je craignais qu'elle ne fonce en avant sans m'écouter, comme les licornes des Barrera. Le feu était de plus en plus fort. Des brins de lavande enflammés flottaient dans l'air. Le temps pressait.

Je me penchai par-dessus la porte de la stalle, j'attrapai sa corne et tirai sa tête vers moi.

— Régent Maximus! Arrête! C'est le moment d'être courageux! Ne panique pas et reste près de moi!

J'avais imité la voix de Callie parce qu'avec elle personne ne faisait l'andouille, et cela fonctionna. Toujours inquiet, Régent Maximus continuait de trépigner, de broncher et de hennir, mais je lui mis son licou. Tenant fermement la bride, j'ouvris la porte de la stalle et nous courûmes dehors à l'air frais.

Les bulles de Tomas flottaient encore dans les nuages devant nous.

Régent Maximus se cabra et je me balançai au bout de la bride. J'avais l'impression d'avoir l'estomac dans une machine à laver. Il hennit et cela voulait simplement dire : « Aaaaaaaaaaaaaaah! » Je ne pourrais pas tenir le licou encore très longtemps.

— Pip! On arrive! cria Tomas.

Il venait de la maison en courant, son inhalateur à la main. Tante Emma le suivit de près avec un gros extincteur et M. Henshaw était juste derrière.

— Je vais maîtriser la licorne! dit ce dernier à ma tante, au moment où Régent Maximus remettait ses pattes avant et mes propres pieds sur le sol. Allez éteindre le feu!

Tante Emma me dépassa en courant et entra dans l'écurie. On entendit un chuintement très fort. La fumée devint blanche.

M. Henshaw me prit la bride des mains et conduisit la licorne vers un petit manège où il l'enferma. Quant à moi, je m'assis dans l'herbe et j'essayai de respirer lentement. Je me sentais toute faible. Tomas s'assit à côté de moi et m'offrit son inhalateur. Je secouai la tête et il me tapota alors gauchement l'épaule.

M. Henshaw revint vers nous et tante Emma émergea de l'écurie. Malgré son visage maculé de suie, elle avait l'air indemne. Son expression était toutefois tendue.

— Il s'en est fallu de peu, toussa-t-elle. Tout le monde va bien?

— Oui, répondis-je.

Quelque chose me vint alors à l'esprit : étant donné mes antécédents concernant les catastrophes avec les créatures magiques, je serais sans doute tenue responsable de ce qui venait de se passer.

J'eus soudain l'impression d'avoir des vers lutins dans le ventre.

— C'est venu de nulle part! protestai-je. Demande à Tomas! Je te le jure, tante Emma, ce n'était pas comme à l'école. Tomas et moi étions juste debout là et tout à coup…

— Calme-toi, Pip, dit tante Emma.

Elle se passa le bras sur le front. Cela ne fit qu'étaler plus de suie sur son visage.

— Je sais que ce n'était pas toi, reprit-elle.

— Qu'est-ce que c'était? demanda Tomas. Qui a allumé le feu?

Tante Emma grimaça et tendit sa main. Dans sa paume, il y avait une boule de fourrure grassouillette qui avait dû être grise, mais à présent elle était presque toute blanche, couverte de poussière d'extincteur. Soudain, deux immenses yeux larmoyants s'ouvrirent près du centre de la boule de fourrure et m'examinèrent attentivement.

Je n'avais aucune idée de ce que pouvait être cette créature.

— C'étaient des fozelles, dit tante Emma en jetant un regard sombre à l'animal qui clignait les yeux.

CHAPITRE
— ✦ 4 ✦ —

Les fozelles sont de terribles animaux de compagnie

La première chose que je fis en rentrant à la maison ce soir-là fut d'aider tante Emma à installer Régent Maximus dans la grande écurie. Il resterait chez nous jusqu'à ce que M. Henshaw fasse réparer la sienne. Cela nous prit un temps fou parce que Régent Maximus était sûr de tomber et de se noyer dans l'abreuvoir, d'être mordu par des mites de lavande ou de se poignarder avec sa propre corne.

— Tu ne risquais pas de t'encorner chez toi? lui demandai-je en chuchotant pour que tante Emma ne me surprenne pas à parler à une licorne.

— *Tu as raison!* Oh! Oh! J'ai vécu si *dangereusement!* gémit Régent Maximus en levant la tête vers le plafond de l'écurie.

La *deuxième* chose que je fis une fois à la maison fut de courir à l'étage chercher mon *Guide des créatures magiques* de Jeffrey Higgleston.

Fozelles. Fozelles. Fozelles.

Pourquoi ne pouvais-je me rappeler ce que le *Guide* disait à leur sujet?

Je le compris quand j'arrivai à leur page. Il ne disait à peu près rien.

Un animal capable de se changer en une boule de feu aurait pourtant mérité une description plus élaborée.

Je dévalai l'escalier. Assise sur l'accoudoir du canapé, Callie était en train de vernir ses ongles d'orteils de la couleur des tomates vertes en chantonnant des voyelles. Elle le faisait parfois aussi le matin. Elle m'avait dit que c'était un « exercice vocal » pour la « clarté sur scène ».

Dans la cuisine encombrée, tante Emma tenait le téléphone contre son oreille et marchait de long en large.

— Pour le moment, seulement une, dit-elle au téléphone d'un ton préoccupé. Oui, oui, nous l'avons maîtrisée.

Nous regardâmes la table ronde dans la cuisine. Au milieu, il y avait une boîte métallique contenant la fozelle. Une petite volute de fumée s'échappait d'un des trous d'aération.

Tante Emma raccrocha, soupira et passa la main dans ses cheveux.

— Je suis désolée, Callie, mais je ne peux pas te conduire au cinéma ce soir.

Callie se mit à trépigner, puis elle se rappela que ses ongles d'orteils n'étaient pas encore secs. Alors elle se redressa légèrement sur ses coudes avec le plus de colère possible.

— *Quoi?!* Je ne suis pour ainsi dire pas sortie de l'*été*.

— Ce n'est pas vrai! protesta tante Emma sur un ton un peu offensé. Nous sommes allées au magasin de tissu la semaine dernière et nous avons acheté des sequins pour ce... pour le costume de la petite sirène.

— C'était il y a trois semaines, maman. Et c'était un costume de vraie sirène. La petite sirène, c'est pour, genre, les enfants. Delynn et moi essayons de convaincre l'école de monter une version musicale de *L'Odyssée*. Ce serait incroyable.

Callie avait raison, ça faisait trois semaines. L'expression de tante Emma montra qu'elle venait de le réaliser.

— Je vais me racheter, Callie. Je ferai tout ce que tu veux. Mais maintenant je dois inspecter le vide sanitaire sous la maison pour m'assurer qu'il n'y a pas de fozelles. Cette maison est très vieille et je ne fais pas confiance aux

Fozelle

___

DESCRIPTION : Nuisible

détecteurs de fumée.

— C'est ridicule, marmonna Callie. Je suis persécutée.

— Nous le sommes tous, rétorqua tante Emma. J'espère qu'il s'agit là d'un incident isolé et que nous ne trouverons pas d'autres fozelles à Cloverton. Allez, tu pourras tenir la lampe de poche pour moi. Ce doxel vit peut-être encore en bas!

Manifestement écœurée, Callie écarquilla les yeux. Son œil gauche s'écarquilla plus que le droit. Comme ça : O o.

Je me dis qu'elle n'aimait sans doute pas les doxels.

— Je peux t'aider! m'écriai-je avec enthousiasme.

— Elle parle! grommela Callie.

— Callie! fit tante Emma sur un ton réprobateur. Excuse-toi. *Maintenant.*

— Je m'excuse, *maintenant*, dit Callie. Je suppose que je vais commander de la pizza. Pour faire changement.

Jetant un regard éloquent à sa mère, elle se tourna vers moi.

— Qu'est-ce que tu veux sur la tienne, Pip?

J'étais contente qu'elle me le demande, même si c'était juste pour montrer à sa mère qu'elle était gentille avec moi.

— Oh! Peu importe, répondis-je joyeusement. De toute façon, je ne mange que la croûte.

— J'en voudrais avec des ananas, gronda Bouboule.

Je n'avais même pas remarqué sa présence. Couché au sommet de l'étagère du salon, il s'était recroquevillé entre une photo de mariage de tante Emma et un trophée représentant quatre oiseaux cornus. Il détestait entendre Callie chanter.

— Je veux dire que j'aimerais des ananas sur la mienne, me repris-je, voulant m'attirer les bonnes grâces de Bouboule. Ils en ont?

— Complètement tordue, marmonna Callie.

Elle le nota quand même.

Dix minutes plus tard, je m'accroupis avec tante Emma dans l'espace crasseux sous la maison. Il n'y avait rien d'autre que des gravats et de la poussière sur le sol. Les murs rapprochés étaient faits de blocs de béton. Oh! Il y avait aussi des araignées (aucun doxel). Pas du tout le genre de Callie, cet endroit. Tante Emma poussa l'embout de l'extincteur dans un coin tandis que je l'éclairais avec la lampe de poche.

— Tante Emma, dis-je. Puis-je te poser une question?

Elle se retourna pour me regarder d'un air préoccupé.

— Bien sûr, Pip! Tout va bien?

— C'est juste que j'ai consulté le *Guide* à propos des

fozelles et il ne dit presque rien sur elles. Pourquoi?

Tante Emma me sourit. Elle me répondit d'une voix exprimant un réel soulagement.

— Eh bien, c'est parce que le *Guide* se concentre sur les animaux plutôt que sur les espèces nuisibles, m'expliqua-t-elle. Les fozelles ressemblent davantage à des insectes qu'à des créatures. Et elles ne sont pas *très* communes. Heureusement.

— *Heureusement* parce qu'elles mettent le feu aux écuries?

— Exactement. Quand elles sont surprises ou qu'elles ont peur, les fozelles s'enflamment. Ça ne *leur* fait aucun mal, mais ça endommage presque tout le reste.

Elle se tut un instant.

— Et puis, hum, elles ont des portées de trois cents bébés toutes les trois semaines en été.

Je calculai dans ma tête.

— Oh! Mon Dieu! m'exclamai-je. C'est pour ça que tu espères que la fozelle dans l'écurie était un cas isolé!

— En effet.

À présent, j'espérais moi aussi qu'il n'y en ait pas d'autres. Et j'espérais aussi pouvoir mieux l'observer. Il m'importait peu que les fozelles soient considérées comme nuisibles. Elles méritaient quand même une description plus élaborée dans le *Guide*. Elles étaient fascinantes!

Au-dessus de nous, nous entendîmes le livreur de pizza venir et s'en aller.

— MAMAN! LA PIZZA! OH, OUI, PIP AUSSI! LA PIZZA! cria Callie.

Nous inspectâmes le lieu encore quelques minutes, puis tante Emma conclut :

— Tout me paraît normal ici. Je ne vois aucun signe de nid ou de terrier. Espérons que cette fozelle était la seule et qu'elle s'était égarée.

Mais ce n'était pas le cas.

— Alors, *il* a dit qu'elle n'avait pas assez de présence sur scène pour le rôle, et *elle* a dit qu'*il* n'en savait rien... Quoi? Oui, je parle de lui! Non, pas celui qui a écrit le rôle, le deuxième... oui... disait Callie au téléphone.

Je me demandai si la personne au bout du fil comprenait ce qu'elle disait. Moi, non.

J'étais assise à la table juste à côté de l'épaule de Callie et j'observais la fozelle. Toujours enfermée dans la petite boîte métallique, elle avait roulé vers une minuscule assiette d'eau que j'y avais déposée.

Elle avait beau être un animal nuisible, je ne voulais pas qu'elle ait soif.

À la recherche de renseignements sur les fozelles, j'avais feuilleté les vieux manuels de médecine vétérinaire magique de tante Emma, sans rien trouver. Je regardai dans la boîte et dessinai des flammes sur le dos de ma main.

— Hé! Fozelle? chuchotai-je. Allez. Parle-moi! Pourquoi es-tu ici?

Elle ne répondit pas. Elle se contenta de me regarder en clignant les yeux, grogna un peu, puis se mit à vrombir. Ça ressemblait à ceci : *grrrrrrrrrrrmmmmmmmmmmmmmmmm*. Sauf que le *m* ne s'arrêtait pas. Je finis par renoncer. J'ignorais si la fozelle ne *voulait* pas me parler ou si elle en était tout simplement *incapable*. Après tout, elles n'ont apparemment pas de bouche.

— T'ai-je entendue parler à cette chose? Parce que tu sais que tu n'es plus censée faire semblant de parler aux animaux, dit Callie en croisant les bras.

Elle avait raccroché et elle était debout à côté de moi. Les yeux plissés, elle nous regarda, moi et la fozelle qui roulait maintenant joyeusement d'avant en arrière. C'était plutôt mignon de la part d'une chose qui se changeait en enfer miniature.

— Je me parlais à moi-même, répondis-je.

Ce n'était pas entièrement faux puisque la fozelle ne m'avait pas répondu. En apercevant le vieil ordinateur couvert d'autocollants sur le comptoir de la réception, j'eus soudain une inspiration.

— Penses-tu que je pourrais utiliser l'ordinateur?

— Ha! répondit Callie. Maman a mis tellement de restrictions parentales sur cette chose que c'est une punition cruelle et inhabituelle. Elle dit…

— Que cet ordinateur sert uniquement pour le travail, termina tante Emma qui venait d'apparaître.

Elle tenait une jilimandre par la queue. Je ne crois pas que j'aimerais être suspendue, la tête en bas, mais comme la jilimandre ronronnait, ça devait lui plaire.

— Tu n'as pas à lever les yeux au plafond, continua tante Emma. Tu passes déjà assez de temps à l'ordinateur pendant l'année scolaire. Nous sommes en été! Va dehors! *Explore!*

— Tu parles du vaste terrain inexploré de la réception? demanda Callie en croisant les bras.

— Bon… explore après les heures de travail, répondit tante Emma d'un air un peu coupable.

Elle disparut dans une salle d'examen avec la jilimandre

juste avant que sonne le téléphone. Callie répondit tout de suite.

— Delynn? As-tu regardé la vidéo de l'audition? Quoi? Ce n'est pas Delynn? Oui, vous êtes bien à la clinique des créatures magiques de Cloverton. Pardon? En quoi est-ce que ça nous regarde? Non, nous ne les traitons pas. Parce que ce sont… des fozelles! Nous traitons les animaux de compagnie, pas les nuisibles!

C'était le premier appel concernant les fozelles. Le premier d'une longue série.

Quand j'eus fini de nourrir Régent Maximus et de promener Bouboule avec Tomas, Callie avait reçu cinquante-sept appels concernant les fozelles.

— Il n'a pas arrêté de sonner! dit-elle d'une voix stridente quand je revins à la réception avec Tomas et le griffon.

Elle montra le téléphone comme s'il l'avait mordue. Il réagit en sonnant de nouveau.

Cinquante-*huit* appels concernant les fozelles.

— D'après tante Emma, elles peuvent avoir trois cents bébés par semaine, dis-je à Tomas. J'imagine que celle qu'on a trouvée dans l'écurie de Régent Maximus n'était pas une fozelle perdue, alors.

— Trois cents fozelles?

Tomas se frotta le nez, comme s'il imaginait déjà une réaction allergique.

— Ça fait beaucoup de fourrure.

En nous retournant, nous vîmes un camion de pompiers passer à toute vitesse devant la clinique, les lumières clignotantes et la sirène à plein volume.

— Ça fait beaucoup de *feu*, ajoutai-je. Je me demande pourquoi les fozelles ont surgi tout à coup. Tante Emma dit que d'habitude, elles sont assez rares.

Au moment de la fermeture, elles n'étaient plus rares du tout. Du moins, elles ne l'étaient plus à la clinique des créatures magiques de Cloverton.

Personne en ville ne savait que faire d'elles. Le service de police suggéra de les isoler dans des boîtes à l'épreuve du feu, mais personne n'en avait suffisamment. Le service d'incendie suggéra de les tremper dans l'eau pour qu'elles se consument plus lentement, mais cela ne fit que créer beaucoup de vapeur avant le feu inévitable. À défaut de mieux, le contrôle animalier de Cloverton continuait à nous recommander et nous étions inondés d'appels téléphoniques.

À trois heures, tante Emma suggéra à Callie de simplement décrocher le téléphone. Et ça fonctionna!

Du moins, pendant une trentaine de minutes. Ne recevant pas de réponse, les gens cessèrent de téléphoner et commencèrent à se présenter avec des fozelles. Des fozelles dans des boîtes métalliques cadenassées. Des fozelles dans des boîtes à café vides. Des fozelles dans des pots de confiture. Des fozelles sur des assiettes à gâteau en verre. Quelques-unes étaient même enveloppées dans du papier d'aluminium comme des pommes de terre au four.

Callie et sa mère coururent au magasin acheter d'autres extincteurs. Tomas et moi fûmes chargés d'empêcher la salle d'attente de brûler.

— C'est ridicule! dit Tomas en levant les mains dans les airs.

Je ne savais pas trop ce qu'il trouvait ridicule entre les centaines de fozelles ou les grosses bulles bleu pervenche qui lui sortaient des oreilles. Je commençais à croire qu'il était *vraiment* allergique à toutes les créatures magiques.

J'étais debout sur le comptoir, un extincteur à la main.

De temps en temps, une fozelle se mettait à fumer et je la vaporisais. Pour l'instant, c'était efficace, mais qu'étions-nous censés faire pendant la nuit? Des tours de garde?

— Quelqu'un arrive, m'avertit Tomas lorsqu'une voiture s'arrêta devant la maison.

Le conducteur en sortit, courut jusqu'à la porte, laissa tomber une poubelle remplie de fozelles sur le seuil et repartit en faisant crisser ses pneus.

Ça manquait de noblesse.

— Pip! Viens vite! dit Tomas.

Il me montra une fozelle qui fumait à sa gauche. Je dirigeai l'extincteur vers elle et l'éclaboussai, mais le jet ne l'atteignit pas tout à fait. La fumée devint plus foncée.

— Vite! répéta Tomas.

Je sautai du comptoir et traversai sur la pointe des pieds la mer de fozelles sur le plancher. Tomas se précipita en avant. Il chercha à attraper la créature fumante, mais ne l'atteignit pas tout à fait. Il étira ses doigts, il l'agrippa et le bout de ses doigts gratouilla sa fourrure blonde…

Elle arrêta de fumer.

Tomas et moi échangeâmes un regard déconcerté.

— Qu'est-ce que tu as fait? demandai-je en me frayant un chemin vers lui.

— Rien. J'ai seulement… j'imagine que j'ai comme…

Il se pencha de nouveau et gratouilla la tête de la fozelle.

Elle ouvrit les yeux et regarda Tomas d'un air guilleret. Elle se mit à triller. Comme quand on fredonne en roulant notre langue. Le son qu'elle faisait ressemblait à ça. Elle trilla de plus en plus vite jusqu'à ce que le son devienne un bourdonnement.

Le bourdonnement vint alors de partout. Toutes les fozelles dans la salle d'attente bourdonnaient à l'unisson avec la première.

Mieux encore, elles cessèrent *toutes* de fumer. Mais pas Tomas. Des nuages de fumée allergique lui sortaient encore des oreilles.

Avec un soupir de soulagement, je déposai l'extincteur.

— Bon. *Voilà* une chose sur les fozelles qu'il faut absolument ajouter dans le *Guide*.

— Mais les autres? demanda Tomas. Celles qui sont dehors, je veux dire? Les gens ne peuvent quand même pas passer leurs journées à les caresser, ajouta-t-il en agitant la main vers la porte et plus loin.

— Non, admis-je. Mais au moins, nous ne serons pas coincés dans une autre maison en feu.

Tomas hocha la tête et gratta un peu plus fort la tête de la fozelle.

Ce soir-là, quand nous eûmes fini d'enfermer les fozelles dans des contenants à l'épreuve du feu et de revérifier les détecteurs de fumée, j'allai me coucher le cœur léger. Je dormais presque quand quelqu'un ouvrit la porte de ma chambre. La silhouette qui entra faisait penser à un monstre filiforme surmonté d'un champignon de fourrure. Je me redressai, confuse, et reconnus Callie. Elle portait un pyjama rose et ses cheveux étaient empilés sur le sommet de sa tête.

Je restai muette. Je la regardai simplement en pensant qu'elle avait l'air d'un monstre avec des cheveux en forme de champignon.

— Écoute, dit-elle. Arrête de me dévisager comme ça. Je ne comprends vraiment pas pourquoi tu apprends et mémorises ce *Guide* des créatures magiques, mais bon, peu importe, parce que je veux que ces fozelles p-a-r-t-e-n-t. *Partent.*

Elle m'avait dit de ne plus la dévisager, mais je ne savais pas comment réagir autrement.

Elle se pencha et tourna ma tête sur le côté de sorte que mes yeux fixaient maintenant le mur.

— Dis-moi juste une chose : qu'as-tu besoin de savoir à leur sujet pour qu'elles s'en aillent?

— J'ai déjà lu tout le *Guide*, répondis-je au mur.

— Je veux dire : qu'est-ce que je peux trouver pour toi

dans… l'ordinateur? termina-t-elle en chuchotant.

Je me retournai.

— Que fais-tu des contrôles parentaux?

— Oh! Je t'en prie, répliqua Callie avec arrogance. Je suis douée pour autre chose que réciter toutes les répliques de *Roméo et Juliette* sans jamais me tromper. Tu penses vraiment que je passe la journée assise là sans Internet?

Le monde s'ouvrait à nous. Il existait sûrement une personne qui savait quelque chose de plus sur les fozelles dans le monde, et cette personne l'avait sûrement mis sur un site web.

— Oh! Eh bien, n'importe quoi. Tout ce que tu pourras trouver sera utile. L'habitat, par exemple, ça veut dire l'endroit où elles vivent.

— Je sais ce que veut dire *habitat*, rétorqua Callie sur un ton méprisant. Bien. Je vais voir ce que je peux faire.

Le lendemain, je découvris plein d'autres choses sur les fozelles.

CHAPITRE
5

Attention à vos sous-vêtements!

Le lendemain commença par un hurlement. C'était Callie et ce n'était pas le genre de cri terrifiant qui nous ferait sauter pendant le déjeuner. C'était plutôt le genre qui nous fit lever la tête, tante Emma et moi, au-dessus de la table de la cuisine. Ma tante plissa les yeux et prit une autre bouchée de sa gaufre encore gelée. Je bus mon jus.

Un instant plus tard, Callie entra d'un pas lourd. Les extrémités de ses cheveux fumaient. Elle tenait une corbeille à papier métallique que je reconnus. C'était celle de sa chambre. Il y avait des décalcomanies de fleurs roses sur le côté. Disons plutôt qu'il y en *avait eu*. La plupart avaient fondu. De la fumée s'échappait de la corbeille.

— J'en ai trouvé une autre! annonça Callie, furibonde. Dans mon tiroir à sous-vêtements!

— Elle a dû venir à la recherche de celles qui sont dans

la clinique, suggéra tante Emma, l'air compatissant. Les fozelles vivent en groupe, tu sais.

— Bon, eh bien elles ne sont pas autorisées à se regrouper *dans mes sous-vêtements!*

Callie déposa brusquement la corbeille sur la table.

— On ne pourrait pas s'en débarrasser? reprit-elle.

— Pas de poubelle sur la table, dit tante Emma. Et j'essaie de trouver un moyen de les déplacer de façon sécuritaire, mais c'est compliqué parce que tout le monde les considère comme nuisibles. Je pense qu'il me faudra reporter certains de mes rendez-vous cet après-midi. Crois-tu pouvoir t'occuper de celle-ci?

Elle indiqua d'un geste la fozelle dans la corbeille à papier, qui clignait des yeux en regardant Callie.

— Celle-ci! Celle-ci! répéta Callie, plutôt à bout de nerfs. Tu sais que je me suis occupée de millions de fozelles à la clinique hier! Alors, quelle différence cela fera-t-il? Une de plus, une de moins, quelle importance?

J'avais vu Callie craquer à deux occasions lors de réunions familiales et ça n'avait pas été joli. Je ne voulais absolument pas me trouver dans les parages au moment d'une telle crise. Je me tournai vers ma tante et demandai vivement :

— Puis-je aller chez Tomas? Je voudrais lui parler des fozelles.

— Une séance de remue-méninges? demanda à son tour ma tante en souriant.

Je lui rendis son sourire.

— Ouais.

— C'est une excellente idée, Pip. Cloverton a certainement besoin de toute l'aide possible en ce qui concerne les fozelles.

— Oh! Je vous en prie, reprit Callie en continuant de donner des coups avec sa corbeille. Plutôt que de nous remuer les méninges, pourquoi n'irions-nous pas au centre commercial m'acheter de nouveaux sous-vêtements? *Oh! Attendez*, c'est impossible parce qu'il n'y aurait personne ici pour nous protéger contre ces *boules de poils explosives!*

Je me demandai ce que les fozelles faisaient pour être *explosives*, mais je n'allais certainement pas le dire à voix haute. Je ne voulais pas que Callie m'en veuille à tout jamais et surtout pas ce jour-là, parce que j'avais besoin de son aide pour ma recherche. Je me levai de table et allai porter mon assiette dans l'évier. Croisant les bras, Callie lança à la fozelle un regard qui aurait pu la faire s'enflammer de nouveau.

— Sale bestiole, siffla-t-elle. C'est le pire été de ma vie! J'aurais préféré vivre avec… des… dentistes.

— Allons, Callie, commença tante Emma.

Je me hâtai de sortir avant d'en entendre davantage. En chemin vers la maison de Tomas, j'espérai qu'il n'était pas occupé. Je n'y étais jamais allée sans l'appeler d'abord. C'était difficile d'imaginer qu'il avait des passe-temps, mais sa famille avait peut-être décidé d'aller passer la journée quelque part.

Je me rendis bientôt compte qu'il y avait au moins quelques Ramirez à la maison parce que j'entendis crier quand je frappai à la porte.

Une voix énervée, celle d'un garçon plus vieux, hurlait :

— Je ne l'ai *pas* mise là!

— Jorge?

C'était une voix mature, comme celle d'une mère.

— Ce n'était pas moi!

Elle éclata de nouveau.

— Éric! Je sais que c'était toi!

— Éric est chez Asia, geignit Tomas de sa voix haut perchée.

— Les fozelles n'apparaissent pas comme ça dans mes sous-vêtements…

On n'avait pas répondu à la porte. Je vis une sonnette et sonnai. La porte s'ouvrit presque aussitôt et je vis Tomas avec un pansement sur le front. Les murs derrière lui étaient couverts de mille petites poteries. Des assiettes, des étoiles et des boules.

— Qu'est-il arrivé à ta tête? demandai-je. Une réaction allergique?

— J'ai heurté le frigo, répondit Tomas. J'essayais de m'éloigner du fromage.

— Laisse-moi deviner… tu es allergique au fromage.

Il hocha mélancoliquement la tête. Je vis deux garçons plus âgés galoper dans le corridor en riant à gorge déployée. Une voix qui devait être celle de Mme Ramirez hurla :

— Revenez ici tout de suite, les garçons, et occupez-vous de cette chose!

Tomas regarda furtivement par-dessus son épaule.

— Maman a trouvé une fozelle dans son tiroir à sous-vêtements ce matin. Elle pense qu'un de mes frères l'a mise là.

— Callie en a aussi trouvé une dans *son* tiroir! m'exclamai-je. Tante Emma dit qu'elles aiment vivre en groupe, mais elles aiment peut-être aussi les petits espaces. Ou les sous-vêtements.

— Alors ma chambre doit en être pleine, répliqua sombrement Tomas.

— Tu as beaucoup de sous-vêtements? demandai-je, ahurie.

— Non, mais comme je suis le plus jeune, ma chambre est la plus petite…

Mme Ramirez apparut alors derrière lui et il se tut. Elle était petite et rondelette. Elle avait les cheveux bouclés comme la queue de Diva. Une fozelle fumante pendouillait entre son pouce et son index.

— Tomas! Es-tu né dans une station-service? Invite-la à entrer.

— Entre, dit Tomas en reculant.

— Ce n'est pas beaucoup mieux, dit Mme Ramirez. Tu dois être Pip. Ravie de faire ta connaissance.

J'essayais de trouver quoi dire quand la fozelle qu'elle tenait s'enflamma. Sans se laisser démonter, Mme Ramirez la frappa contre le mur pour éteindre le feu.

— Non, maman! dit Tomas. Chatouille-la! Tu dois la chatouiller.

— J'aimerais mieux chatouiller un rat, répliqua Mme Ramirez sur un ton dégoûté. Pip, ta tante recueille ces choses, n'est-ce pas?

— Hum, répondis-je, puis je répétai « hum » parce que je ne savais pas trop comment lui parler.

Je regardai Tomas. Il haussa les épaules en guise d'encouragement.

— Oui, dis-je enfin, elle les recueille. Genre.

Mme Ramirez s'éloigna dans le corridor.

— Bien. De toute façon, tu as besoin de prendre le soleil, Tomas. Je vais te donner un chaudron ou quelque chose pour apporter ça à la clinique. Ne le laisse pas tomber! Nous n'avons pas eu beaucoup de pluie et je ne veux pas que tu mettes le feu au voisinage. JORGE, VIENS ICI TOUT DE SUITE. TROUVE-MOI UN CHAUDRON POUR CETTE CHOSE.

Puis elle disparut dans une autre pièce. Un des grands frères — Jorge, peut-être — repassa au galop. On aurait dit une version géante et musclée de Tomas. Un autre garçon arriva, exactement pareil, puis encore un autre. J'avais l'impression de regarder la même séquence d'un film à l'infini.

— Oh! Tes frères sont des triplés! compris-je. C'est fantastique!

— Fantastique pour eux, dit Tomas. *Ils* peuvent faire tout ce qu'ils veulent. *Ils* sont assez grands pour atteindre tout ce qu'ils veulent atteindre. *Ils* n'ont pas d'allergies.

Comprenant à quel point il se sentait diminué, je dis :

— Mais *ils* ne vivent pas d'aventures avec Pip Bartlett.

Il me sourit tristement. Mme Ramirez réapparut avec une grosse casserole antiadhésive. Elle mit un couvercle en verre par-dessus et nous vîmes la fozelle recroquevillée au fond.

Recroquevillée? Assise. Couchée. Empilée. Comme elle n'avait pas de pattes, c'était difficile à dire.

— Tu me rapportes cette casserole, dit Mme Ramirez à Tomas. Je m'en sers pour faire cuire le porc.

— Tu ne trouves pas ça drôle qu'on ait trouvé des fozelles dans deux tiroirs à sous-vêtements? demandai-je à Tomas une fois dehors. Nous devrions peut-être demander aux voisins s'ils en ont trouvé là eux aussi! Ou du moins les avertir de protéger leurs sous-vêtements.

Il se frotta le cou.

— Je ne sais pas. Ça paraît un peu… bizarre.

— Mais imagine comme les gens seront contents si leurs sous-vêtements ne s'enflamment pas! Et puis les fozelles seront plus en sûreté si nous les recueillons toutes au même endroit. Elles aiment vivre en groupe, tu sais, dis-je, répétant ce que tante Emma m'avait appris ce matin-là comme si je l'avais toujours su.

Tomas soupira bruyamment.

— Ça va. Mais je ne pose pas la question.

— Je ne pose pas la question!

— *Je* ne la pose pas. C'est toi qui n'arrêtes pas de répéter le mot *sous-vêtements*.

Ni l'un ni l'autre ne voulant prononcer le mot, nous décidâmes de faire une affiche. Cela ne nous prit qu'une minute, et cela suffit à la fozelle pour faire deux fois le tour de la casserole. Quand nous eûmes fini, notre affiche nous parut contenir tous les renseignements nécessaires.

Armés de l'affiche et de la grosse casserole, nous allâmes frapper à la porte de la maison voisine. Tomas fixa avec méfiance un insecte à côté de l'ampoule du perron jusqu'à ce que la porte s'ouvre. Nous tendîmes l'affiche à la vieille femme devant nous.

— Tomas Ramirez, dit-elle. C'est quoi, ces histoires?

— Ce n'est pas une histoire, protestai-je.

Je me sentais particulièrement brave pour parler, car je savais qu'il fallait prévenir les gens du danger. De plus, l'affiche avait amorcé la conversation à ma place.

— Vous devriez inspecter votre tiroir. Nous voulons simplement aider les gens.

SAUVEZ VOS SOUS-VÊTEMENTS

Une multitude de fozelles a envahi Cloverton.

Elles nichent peut-être dans votre tiroir à sous-vêtements et pourraient **S'ENFLAMMER**

Veuillez prendre un moment pour vérifier!!!

— Elle croit qu'on lui joue un tour, dis-je à Tomas.

Il prit un feutre dans sa poche et ajouta *CECI N'EST PAS UN TOUR* au bas de l'affiche.

La femme revint avec une énorme culotte fleurie à la main. Tomas recula.

— Vous aviez raison! s'exclama-t-elle. Il y en avait deux! Je ne veux pas y toucher. Allez, prenez-moi tout ça!

Les yeux ronds, Tomas regardait fixement la culotte, alors je soulevai le couvercle de la marmite. La dame y laissa tomber le sous-vêtement qui atterrit en produisant un bruit sourd et mou. Ce devait être à cause des fozelles qui s'y trouvaient.

— Je n'ai plus besoin de ça, reprit-elle. Tu salueras ta mère pour moi, Tomas.

Elle referma la porte.

— Je n'en crois pas mes yeux! dit Tomas qui regardait dans la casserole en détournant le visage comme s'il ne pouvait regarder directement la culotte.

— Allons à la maison suivante, dis-je.

Ce voisin connaissait Tomas, lui aussi, et il alla aimablement inspecter ses tiroirs. Il revint avec des caleçons rouge et vert clair qu'il tenait avec des pinces.

— Je ne veux pas y toucher, expliqua-t-il. Sont-ils

vénéneux?

— Les caleçons ou les fozelles? demandai-je.

— Tu es drôle, répondit-il, mais il le disait comme s'il voulait dire « étrange ».

Il laissa tomber les caleçons dans la marmite.

— Je n'en ai plus besoin, dit-il.

À la maison suivante, la même histoire se répéta, sauf que, cette fois, c'était une culotte orangée et trois petites fozelles étaient nichées dedans. Quand la dame nous la montra, trois paires d'yeux regardèrent par les trous des jambes.

— Je pense qu'elles nichent, dit-elle. D'habitude, vivent-elles dans des hamacs ou des endroits semblables?

— Personne ne sait où elles vivent d'habitude, répondis-je. Mais c'est une bonne supposition.

Il n'y avait pas de fozelles dans la quatrième maison, ni dans la cinquième, mais nous tombâmes sur le *gros lot* dans la sixième. Quand la femme alla inspecter son tiroir de sous-vêtements, nous entendîmes un cri perçant. Si perçant que Tomas et moi nous précipitâmes à l'intérieur pour voir s'il était arrivé quelque chose de terrible. La femme était dans une chambre très élégante et regardait d'un air horrifié le tiroir du haut de sa commode. Des flammes en sortaient.

— Des pinces! ordonnai-je. Ensuite, jetez les fozelles dans la marmite!

Elle sortit en courant et revint avec une grosse paire de pinces à barbecue. Elle récupéra une élégante culotte mauve. Des flammes jaillirent des deux ouvertures pour les jambes; on aurait dit un double lance-flammes. Tomas souleva le couvercle de la casserole et elle y laissa tomber la culotte. Puis elle en sortit une autre du tiroir, enflammée, elle aussi. Puis une autre. La marmite se remplissait et la commode ne cessait de produire des fozelles. Qui plus est, certaines continuaient à brûler même après avoir été jetées dans le chaudron.

— Ouille! s'écria Tomas. La poignée est chaude! Il y en a trop à chatouiller!

Et la commode était toujours en feu. Le détecteur de fumée au-dessus se mit à rugir. Toutes les fozelles qui n'étaient pas encore allumées s'embrasèrent.

Vraiment trop à chatouiller.

La femme se frappa les joues avec ses mains.

— Oh! Mon Dieu! Je dois composer le 911! Il me faut mon sac à main!

— Où est la salle de bains? hurlai-je. Je vais verser de l'eau là-dessus!

Elle pointa un doigt. Pendant que la femme courait chercher son sac et le téléphone qui se trouvait sûrement à l'intérieur, je me ruai dans la salle de bains tout aussi élégante. Comme le seul contenant dans lequel je pouvais mettre de l'eau était son support à brosse à dents, je dus faire la navette entre la salle de bains et la chambre plusieurs fois. Le tiroir à sous-vêtements fut bientôt inondé, mais celui du dessous semblait toujours se consumer.

La sirène d'un camion de pompiers retentit dehors. Contre toute attente, la lampe élégante sur la commode élégante de la dame s'enflamma à son tour et l'ampoule explosa dans un bruit de verre brisé. Quelque part, la femme se remit à hurler, mais c'était un hurlement élégant. Tous les bruits possibles semblaient se produire en même temps. Tomas paraissait en harmonie avec les fozelles, parce qu'il s'enflamma à sa façon. Il s'agenouilla à côté de la casserole fumante et se couvrit les oreilles.

Un pompier fonça dans la chambre.

— Combien y a-t-il de personnes ici?

Tomas ne répondit pas parce qu'il s'était bouché les oreilles, et moi non plus parce que je ne faisais que regarder.

— Deux! dis-je enfin. Et une dame. Et plein de fozelles.

— Il faut sortir! dit le pompier.

— Nous voulions juste être utiles!

— C'est beaucoup trop pour deux enfants, dit-il. C'est probablement trop pour n'importe qui. C'est une catastrophe.

CHAPITRE

6

Les canards magiques sont des êtres terribles

Heureusement pour les sous-vêtements de tout le monde, tante Emma conçut un plan ce soir-là. Nous allions emballer toutes les fozelles et les emporter sur une petite île au milieu du lac des Deux canards. Ce n'était pas un plan parfait; les fozelles ne pourraient pas rester là pour toujours, mais on pouvait au moins les laisser sur l'île en attendant que Cloverton trouve une meilleure solution. Et bien que petite, l'île pouvait héberger plus de fozelles que la clinique.

— Aimerais-tu donner un coup de main? me demanda tante Emma.

Elle n'avait pas vraiment à me poser la question.

Une heure plus tard, elle et Callie partirent dans la camionnette de la clinique pour aller chercher d'autres fozelles chez les voisins. Tomas et moi nous dirigeâmes vers le lac des Deux canards avec un ami de tante Emma, M. Randall. Sa camionnette était très grosse et très métallique. Bref, à l'épreuve des fozelles.

Nous partîmes. M. Randall fit jouer de la musique country. Je dessinai une fozelle sur le dos de ma main. Tomas se grattait le bras; il avait une éruption de boutons. À l'arrière, on entendait les fozelles rebondir calmement dans leurs cages métalliques.

Tout semblait aller pour le mieux. En fait, tout allait assez bien pour que je puisse penser à une façon de passer la soirée si nous n'avions pas à retourner à une clinique pleine de fozelles. Callie avait parlé d'une fiesta de tacos à mon arrivée et j'adorais les tacos. De plus, j'avais commencé à me lier d'amitié avec Régent Maximus. Je pourrais lui lire des extraits du *Guide* pour qu'il sache qu'il n'avait rien à craindre des créatures comme les lapins potirons péruviens ou les cerfs aux sabots foudroyants. J'eus même le temps de m'ennuyer un peu de chez moi, sans vraiment comprendre pourquoi. J'étais habituée à ce que mes parents partent pour de longs voyages, et les événements liés aux animaux magiques à Cloverton m'intéressaient énormément. Je ne m'attendais pas à avoir le cœur serré en pensant à chez moi. Je demanderais peut-être à tante Emma si, à son avis, ce serait une bonne idée de prendre des nouvelles de mes parents ce soir-là.

En approchant de l'autoroute, nous heurtâmes une bosse, et cela ramena mes pensées au présent. Une odeur de fourrure chaude flottait dans l'habitacle. Je jetai un coup d'œil au miroir côté passager. Pas de fumée. Pour l'instant, tout allait bien? Peut-être...

Mais quand le camion prit de la vitesse sur l'autoroute, les fozelles commencèrent à escalader les parois des cages.

Un mouvement soudain n'est jamais un bon signe.

— Ho! Ho! dit Tomas.

— Qu'est-ce qui se passe à l'arrière? demanda M. Randall.

Nous ne répondîmes pas, parce que nous ne le savions pas. Les fozelles s'accrochèrent au plafond des cages. Elles se mirent à bourdonner. Leur fourrure claquait frénétiquement dans le vent. Chaque fois que le camion passait sur une bosse, leur bourdonnement faisait pareil. *Hhhhhhhhhhhhhhhmmmmmm-heck!-hhhhhhhmmmmmm.*

— Elles aiment ça! m'exclamai-je.

Et c'était vrai! Les fozelles bourdonnaient d'*exaltation*.

Puis l'une d'elles commença à fumer.

Puis une autre.

Des nuages de fumée montèrent bientôt de la boîte du camion bourdonnant. Une seule fozelle s'enflamma.

— Oh! *Non!* gémit Tomas.

La fozelle en flammes continuait à bourdonner gaiement. D'autres l'imitèrent, on aurait dit des grains de maïs explosant en maïs soufflé. Il y eut bientôt tellement de feu à l'arrière du véhicule qu'il était difficile de distinguer les fozelles. Tomas dirigea son extincteur par la fenêtre et vaporisa du produit, sans grand résultat apparent, car la poudre s'envolait trop vite. À la voir s'échapper, notre camion avait l'air d'un char allégorique en train de se désintégrer.

Un char allégorique en feu en train de se désintégrer.

Je gribouillai rapidement une note sur ma main pour me souvenir d'ajouter cette information à la page sur les fozelles dans le *Guide* : non seulement la peur les enflammait, mais l'exaltation aussi.

Une voiture roula à côté de nous. La femme assise du côté passager descendit sa vitre et demanda gentiment :

— Saviez-vous que votre camion est plein d'animaux en feu?

— Je le savais, mais je vous remercie, répondit M. Randall.

— Ralentissez! lui dis-je. Le vent empire les choses!

— J'ai déjà vu pire qu'une boîte de camion remplie de larves de lapins en feu!

Tomas et moi l'implorâmes d'une seule voix :

— S'il vous plaît, ralentissez.

— D'accord, d'accord, dit M. Randall.

Il ralentit.

Bien entendu, l'exaltation des fozelles diminua quand le vent cessa de jouer dans leur fourrure. Les feux s'éteignirent lentement et il n'en resta plus que quelques-unes qui luisaient comme des braises.

Tomas gratta ses boutons, l'air soulagé, et je poussai un grand soupir.

Lorsque M. Randall nous fit descendre à notre destination finale, plus aucune fozelle ne fumait. Nous étions arrivés au lac des Deux canards.

Tout le monde est déjà allé à un endroit comme le lac des Deux canards. C'est un de ces sites publics que les gens aiment fréquenter — les gens du coin, pas les touristes. Il y a un grand stationnement en gravier avec une carte des pistes de vélo en bois délavé, quelques quais branlants et des bancs de pique-nique délavés, eux aussi. C'est surtout le genre de lieu où des gens viennent sauter dans l'eau en criant « Ouahou! » alors que d'autres disent « Hé! Ne m'éclabousse pas avec cette eau brunâtre. »

Notre destination finale était l'île au milieu du lac. Elle était petite, mais comme les fozelles l'étaient aussi, tout irait bien. M. Randall nous fit traverser dans un canot métallique, puis il me prêta son téléphone pour que j'appelle tante Emma et lui dise que nous étions arrivés.

— C'est mon premier vrai travail, me fit remarquer Tomas quand j'eus fini mon appel.

Je remis le cellulaire dans ma poche. Il aidait M. Randall à décharger les cages et il avait un petit tampon de mouchoir dans chaque narine. Il m'expliqua que cela lui éviterait d'inhaler les allergènes mortels du crétin des marais de Géorgie qui, paraissait-il, avait été aperçu près du lac.

— Je suis contente… *fou*… qu'ils nous… *fou*… confient une tâche aussi… *fou*… importante, dis-je en me précipitant à son aide.

Tout ce feu avait soudé les cages métalliques. Tomas et moi fûmes donc obligés de tirer sur la porte de la cage la plus proche pour l'ouvrir. Dès que ce fut fait, une bande de fozelles en sortit en roulant allègrement, laissant des traces de poils sur le sable. Aussitôt, deux écureuils (probablement des écureuils ailés de fantaisie, mais comme je ne voyais pas leur dos, je n'en étais pas certaine) se mirent à bavarder dans les arbres au-dessus de nous.

— Eh bien, voilà ce qu'on fait de notre environnement, entendis-je l'un des deux rouspéter.

Ils n'avaient probablement pas tort. Je me sentais un peu coupable d'envahir leur petite île. Mais les écureuils peuvent vivre n'importe où, particulièrement la variété ailée de fantaisie. Pour leur part, les fozelles semblaient incapables de vivre où que ce soit sans causer des ennuis.

Pendant que M. Randall inspectait le rivage pour s'assurer qu'il n'y avait rien d'important susceptible d'être détruit par les fozelles, je m'assis sur le sable avec Tomas et nous les regardâmes rouler et se prélasser au soleil couchant.

— Et maintenant, qu'est-ce qu'on fait? demanda Tomas. Cette île peut accueillir un grand nombre de fozelles, mais pas un nombre *infini*.

Là, il n'avait pas tort. Je donnais des coups de pied dans le sable quand une volée de canards s'approcha de la berge. Des canards trempeurs émeraude. Faites de vraies émeraudes, les plumes de leurs têtes brillaient de tous leurs feux et on en voyait souvent dans les bassins publics. Même s'ils étaient jolis, je n'étais pas contente de les voir. Ils étaient des animaux terribles.

Terriblement enclins à critiquer, je veux dire.

Ils n'avaient pas vraiment de moustache. Je leur en ai dessiné une parce que je ne les aimais pas du tout. Croyez-moi, vous comprendrez pourquoi dans une seconde.

Tandis que les canards pataugeaient, toutes leurs têtes d'un vert étincelant se tournèrent vers le rivage et ils se mirent à marmonner. Pour Tomas, ça devait ressembler à des caquètements ordinaires. Mais voici ce que j'entendis :

— Regardez-moi la robe de cette fille? Pense-t-elle vraiment que le jaune lui va bien?

— Elle ressemble à un bébé canard malard. À propos, vous avez vu cette famille de malards près des quais? Je suis presque sûr qu'ils ont des puces de lac. Ils ont l'air si minable.

— Oh! Minables! Ça me rappelle la grand-mère que nous avons croisée. Avez-vous remarqué le vernis sur ses ongles d'orteils? Se croit-elle vraiment élégante?

— Les temps changent.

— Ils changent.

— Pour le pire.

— Sauf pour nous.

— Oui.

Canard trempeur émeraude

Leur tête est couverte
de vraies émeraudes, ce
qui augmente leur poids
d'environ un kilo.

Moustache
géante

Leur caquètement ressemble
à un marmonnement.

Les canards se servent de leurs pattes
puissantes pour se battre; les canards
s'immergent mutuellement pour régler
leurs querelles; le canard immergé le plus
profondément « perd » et il baisse dans la
hiérarchie de la volée.

Goût particulier pour le pain; plusieurs
préfèrent le pain multigrain et le pain de
seigle.

TAILLE : 50 cm au sommet de la tête
POIDS : Mâles 2,5 kg, femelles 2 kg
DESCRIPTION : Le canard trempeur émeraude est une
espèce de canard sauvage qu'on retrouve souvent
au sud des États-Unis. Dans les années 1950,
les dames considéraient comme très chic d'en
garder dans leurs jardins. Il est malheureusement
difficile d'apprivoiser cette espèce et les
hôpitaux ont rapporté dix fois plus de blessures
causées par des attaques de canards jusqu'à leur
bannissement comme animal domestique en 1963.

— Oh! Regardez ce garçon avec des mouchoirs dans le nez et cette fille bizarre qui nous dévisage.

— Ils ont peut-être du pain.

— Je ne crois pas. Ils ont l'air trop stupide pour avoir pensé à apporter de la nourriture dans l'île.

— D'ailleurs, cette fille ne partagerait pas de pain avec nous. Elle nous regarde comme si nous étions nuisibles. C'est elle qui est nuisible. Les humains et les puces de lac! Ils sont tous si...

Je ne pouvais en supporter davantage.

— Hé! Je vous entends, vous savez! dis-je.

— Je n'ai rien dit, protesta Tomas.

— Pas toi! Les *canards*.

La rangée de canards flottants cligna des yeux vers moi.

— Tu comprends ce que nous disons? demanda l'un d'eux.

— Oui, répondis-je.

— Tout ce que nous avons dit? demanda un autre canard tandis que Tomas nous suivait des yeux.

— Oui.

Ils échangèrent un regard. Puis le premier dit :

— Alors tu ne trouves pas que cette fille en maillot de bain bleu a l'air d'une patate?

Je bondis.

— Non! C'est affreux de dire ça de quelqu'un. Pourquoi êtes-vous toujours aussi odieux?

Les canards marmonnèrent à voix basse avant de s'éloigner un peu, puis ils me regardèrent. J'entendis l'un d'eux ronchonner :

— Eh bien, on dirait que *quelqu'un* ici est un peu susceptible, aujourd'hui!

Il n'y a vraiment rien de pire qu'une volée de canards magiques enclins à la critique.

— Qu'est-ce qu'ils ont dit? demanda Tomas.

Il avait haussé un sourcil. Je ne savais pas s'il me croyait ou non.

— Je ne pense pas que tu aies envie de le savoir. Ils...

Le téléphone de M. Randall, qui était toujours dans ma poche, sonna. Je consultai l'écran. C'était la clinique.

— M. Randall! criai-je vers la plage.

Il avait commencé à déposer les fozelles sur le sable à quelques mètres de distance; elles se consumaient lentement sans rien embraser. Je brandis le téléphone.

— C'est la clinique!

— Réponds. C'est peut-être ta tante, dit M. Randall en continuant à déposer les fozelles.

J'appuyai sur la touche « répondre ».

— Le téléphone de M. Randall, Pip à l'appareil.

— Pip? C'est moi.

Je reconnus aussitôt la voix de Callie.

— Tomas, M. Randall et toi devez revenir tout de suite.

— Pourquoi?

— Parce que Mme Dreadbatch est ici… je veux dire Mme Dreadbotch est ici et elle est fâchée. Il paraît qu'il y a un camion en feu!

Elle parlait sur un ton irrité et j'entendais la voix de Mme Dreadbatch en bruit de fond. Elle vociférait. Je me dis que sa voix était aussi désagréable que celle des canards.

— Tu es là, Pip? reprit Callie. Au téléphone, tu dois *parler*.

— Je suis là. Nous venons de déposer les fozelles. M. Randall a presque fini.

— Sérieusement, Pip, chuchota maintenant Callie. Elle est super fâchée. Elle dit qu'étant donné son poste élevé au SÉSAMES, elle est autorisée à arrêter personnellement maman et M. Randall. Quelque chose à propos du « transport imprudent de matériel inflammable ». Dépêchez-vous.

— « Matériel inflammable »! Ce sont des *animaux!*

— Un problème, Pip? demanda M. Randall en déposant une cage vide près de Pip.

Il s'essuya les mains.

— Tu m'as l'air passablement perturbée, ajouta-t-il.

— Mme Dreadbatch est à la clinique et elle est fâchée.

— Je connais Mme Dreadbatch, répondit-il.

Il afficha un air plus sérieux que quand il avait conduit un camion plein de fozelles enflammées.

— Allons-y, dit-il.

Il y avait quelques personnes dans la salle d'attente : une dame avec une mangouste multicolore, un homme avec un phénix très volubile sur le bras et une femme enceinte lisant tranquillement une brochure.

J'aperçus alors Mme Dreadbatch debout au comptoir, qui parlait à Callie. Je la voyais de dos, mais quand elle se retourna, je vis son *visage*. Je le reconnus malgré le mouchoir qu'elle tenait devant sa bouche et son nez. L'expression sur son visage semblait signifier *Vous êtes dans le pétrin*.

Elle retira le mouchoir juste assez longtemps pour cracher :

— J'aimerais savoir, Joseph, pourquoi un risque

d'incendie sur roues vient de traverser Cloverton.

D'un mouvement sec, elle remit le mouchoir devant sa bouche. Toute son attitude indiquait que quelque chose de trop répugnant dans cette clinique l'empêchait de respirer normalement.

— Qu'est-ce qui se passe maintenant? demanda tante Emma en poussant la porte.

Bouboule était juste derrière elle. Elle avait les mains couvertes d'une matière gluante dorée. En la voyant, Mme Dreadbatch chancela un peu et pressa le mouchoir si fort sur son visage que ses jointures devinrent toutes blanches. Personnellement, je trouvais ce machin doré beaucoup moins dégoûtant que la sueur violette d'hobgraquel qu'elle avait vue à sa dernière visite.

— J'ai compris, Emma! s'écria Dreadbatch. Nous n'avions pas une seule licorne dans cette ville avant que vous n'ouvriez votre clinique. Et voilà que vous transportez des fozelles? Dans un camion? En *feu*?

— Elles n'étaient pas en feu quand nous sommes partis, intervint Tomas.

Je le trouvai courageux.

Dreadbatch lui lança un regard si sévère qu'il sortit son inhalateur et aspira une bouffée.

Tante Emma prit une serviette et essuya la matière gluante sur ses mains.

— Mme Dreadbatch, tous les habitants de Cloverton ont apporté leurs fozelles ici. Nous ne pouvons évidemment pas les garder. En fait, il en est arrivé encore cinquante depuis ce matin. Elles seront tout à fait bien sur l'île du lac des Deux canards. Elles ne savent pas nager et l'île est assez grande pour en héberger des centaines et des centaines. Qu'étions-nous censés faire d'autre?

— Vous êtes *censés* les détruire! rétorqua Mme Dreadbatch en agitant son mouchoir devant le visage de tante Emma.

Les *détruire*? Elles n'avaient pas *l'intention* de tout brûler!

— Mme Dreadbatch, je ne suis pas exterminatrice, dit tante Emma, les lèvres soudain serrées. Je suis vétérinaire.

Dreadbatch considéra le phénix d'un air furieux avant de nous regarder de nouveau.

— C'est pourquoi le SÉSAMES va embaucher un exterminateur de Marshview pour régler le problème. Mon organisation en a assez de rendre visite à votre clinique. Alors si vous avez d'autres de ces *choses*, veuillez vous abstenir de les trimballer dans la ville sans égard pour vos voisins! Un camion en flammes! Imaginez l'horreur si vous aviez percuté une propriété privée!

— Vous mettez en doute la compétence de M. Randall comme conducteur? Il a été policier pendant vingt ans!

— La question n'est pas là, Emma! La *question*, c'est que ces créatures sont dangereuses. La *question*, c'est qu'il faut les détruire, pas les déplacer. La *question*, c'est que…

— Je ne travaille pas pour le SÉSAMES, Mme Dreadbatch, alors à moins que vous n'ayez un mandat qui m'oblige à traiter les fozelles d'une façon précise, je continuerai à faire ce que je considère comme convenable. Avez-vous un mandat? demanda tante Emma, qui semblait très en colère. Je ne crois pas. Je pense qu'il est temps pour vous de partir, Mme Dreadbatch.

— Dreadbotch! corrigea Mme Dreadbatch. Et de grâce! Comme si j'avais envie de rester ici une minute de plus!

Elle sortit en désignant la clinique du bras. Ses talons claquèrent sur le carrelage.

— *Créatures magiques!* Si elles sont si magiques, pourquoi ont-elles besoin d'un vétérinaire…

La porte fut fermée avec rage, assourdissant le reste de sa phrase.

— J'espère que c'est la dernière fois que nous entendons

parler d'elle, dit M. Randall.

Mais nous savions tous que ce n'était pas le cas.

Comme un cours de sciences, avec des fozelles

Le lendemain, je m'assis dans l'entrée avec Callie pour surveiller une nouvelle portée de bétafloncs. Ils rebondissaient comme des balles de caoutchouc, parfois hors de leur parc. Ils étaient plutôt difficiles à contrôler.

Callie mangeait un sac de bonbons géant pour dîner. Elle devait repousser les bétafloncs qui cherchaient à attraper les bonbons bleus. Elle avait la langue d'un million de couleurs différentes.

Je mangeais une cuillerée de beurre d'arachide tout en relisant mes notes sur les fozelles. Grâce à mes observations et à l'information recueillie sur Internet par Callie, j'avais pu ajouter une foule de détails à la page vide concernant les fozelles dans le *Guide*. Mais je ne savais toujours pas pourquoi elles étaient ici. Ou pourquoi elles continuaient à venir. Une nouvelle poubelle métallique avait déjà été

Bétaflonc

Ils ont une ouïe très fine avec leurs grandes oreilles.

Leur peau caoutchouteuse leur permet de bien rebondir et réduit le risque de blessures.

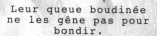

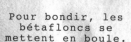

Pour bondir, les bétafloncs se mettent en boule.

Leur queue boudinée ne les gêne pas pour bondir.

Les bétafloncs tiennent leurs pattes arrière avec leurs pattes avant afin de rester en boule quand ils bondissent.

On les retrouve toujours en nombre impair. Souvent en groupes contenant les chiffres 3 ou 7, comme 31 ou 17.

TAILLE : de 5 à 7 cm sans la queue
POIDS : 56 g
DESCRIPTION : Le bétaflonc est l'une des plus charmantes et fascinantes espèces des Amériques. Ces animaux sociables se déplacent par bonds; ils peuvent faire des bonds de 6 mètres dans les airs. Naturellement intrépides et fortement attirés par la couleur bleue, ils deviennent parfois nuisibles dans les zones urbaines, mais en général, ils se sont bien adaptés à la cohabitation avec les humains.

remplie avec le dernier lot reçu ce jour-là. Elles aimaient être en groupe, et elles bourdonnaient à présent gaiement, harmonisant leurs vocalises.

— Tu as trouvé une façon de se débarrasser de ces choses? me demanda Callie en donnant une tape à un bétaflonc.

Elle le rata et il couina *Hiiiiiiiii!* en tombant sur le sol. Je rattrapai la petite créature quand elle rebondit et la lançai dans le parc. (Hiiiiiiiii! cria-t-elle de nouveau.)

— Bravo, Pip, dit Callie du bout des lèvres.

— Merci, répondis-je, étonnée.

Je lui tendis le *Guide* pour qu'elle lise mes notes.

Je ne comprenais pas. Les fozelles ne mangeaient pas vraiment : elles ne faisaient que se rouler dans la poussière et la digérer. La poussière de Cloverton n'était sûrement pas meilleure qu'ailleurs. Elles n'étaient pas venues ici en migration ou pour hiberner. Et elles étaient suffisamment intimidées par les gens qu'il leur aurait fallu une très bonne raison pour décider de s'installer dans une région habitée.

— Je commence à en avoir assez d'elles, dit Callie en me remettant le *Guide*.

— Hé! Elles ne le font pas *exprès*...

— Oh! Calme-toi. Moi non plus je ne veux pas les

Fozelle

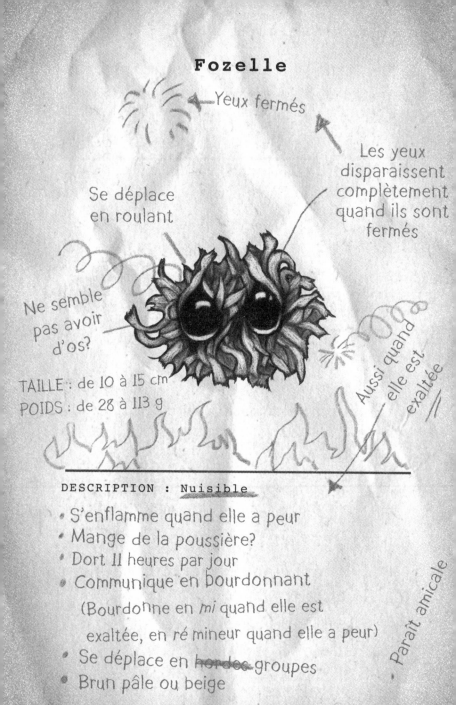

Yeux fermés

Les yeux disparaissent complètement quand ils sont fermés

Se déplace en roulant

Ne semble pas avoir d'os?

Aussi quand elle est exaltée

TAILLE : de 10 à 15 cm
POIDS : de 28 à 113 g

DESCRIPTION : Nuisible

- S'enflamme quand elle a peur
- Mange de la poussière?
- Dort 11 heures par jour
- Communique en bourdonnant

   (Bourdonne en *mi* quand elle est

   exaltée, en *ré* mineur quand elle a peur)

- Se déplace en ~~hordes~~ groupes
- Brun pâle ou beige

Paraît amicale

exterminer. Je veux seulement qu'elles cessent de venir dans mon tiroir à sous-vêtements. S'il fallait qu'elles mettent le feu à ma collection d'affiches-programmes!

Elle l'avait dit en écarquillant les yeux pour me faire comprendre la gravité de la chose.

Je ne comprenais pas, mais je hochai quand même la tête.

— Je sais qu'elles sont dangereuses. Mais c'est horrible… ce ne sont que des fozelles! Il y a sûrement un moyen de les convaincre de s'en aller.

— Tu as intérêt à trouver vite. Mme Dreadbatch a mis des dépliants dans toutes les boîtes aux lettres pour dire que les exterminateurs seront ici à la fin de la semaine.

Je n'avais pas une minute à perdre!

Je regardai les bétafloncs qui se poursuivaient en cercle en criant : « Touché! Touché! Touché! », même si aucun d'eux ne semblait l'avoir été. D'après le *Guide*, les bétafloncs étaient nuisibles, eux aussi, mais ils étaient quand même des animaux de compagnie. Peut-être que si les gens commençaient à voir les fozelles comme des animaux de compagnie, ils seraient moins pressés de vouloir les exterminer. Ils voudraient peut-être même en avoir près d'eux.

— Callie, dis-je, j'ai une idée.

Elle parut inquiète.

Je lui expliquai qu'on pourrait considérer les fozelles comme animaux de compagnie. Elle sembla encore plus inquiète.

— Un animal de compagnie? Capable d'incendier ta maison?

— Ils ont tous des inconvénients, insistai-je. Les bétafloncs s'enfouissent dans les murs, mais les gens les *gardent* quand même. Et des tonnes de gens ont des manticores avaleuses de feu!

— Des tonnes de gens pensent aussi avoir une voix de soprano, mais ça ne veut pas dire qu'ils peuvent chanter.

Je mis mes mains sur mes hanches et elle leva les yeux au plafond.

— OK, OK… disons qu'on veut persuader les gens que ces choses sont des animaux de compagnie. Comment les amener à penser : OUI, je veux une fozelle chez moi? abdiqua Callie.

J'extirpai deux bétafloncs de mes cheveux (« Touchée »! crièrent-ils tous ensemble), avant de répondre :

— Faisons une liste.

Callie insista pour la rédiger. Tenir la planchette à pince devait lui donner un sentiment d'importance. Elle utilisa un stylo de couleur différente à chaque ligne.

Avantages d'avoir des fozelles comme animaux de compagnie :
1) sont mignonnes
2) ne sentent pas mauvais (sauf l'odeur de la fumée)
3) ne mordent pas
4) mangent la poussière (moins de passages d'aspirateur)

Nous énumérâmes ensuite ce qui en faisait de mauvais animaux de compagnie et les problèmes qu'il fallait surmonter. C'était une courte liste.

Désavantages d'avoir des fozelles comme animaux de compagnie :
1) s'enflamment (constamment)
2) détruisent les sous-vêtements

— Callie! dis-je. C'est la même chose. Tu ne peux compter les sous-vêtements comme une deuxième raison.

— Dis-le aux miens, répliqua Callie en roulant les yeux. Elle martela le bord de la planchette avec son stylo.

— Jusqu'ici, la liste des désavantages a plus de poids que celle des *avantages*. Et s'il était possible de les entraîner? À ne pas s'enflammer, tu sais. Plein d'animaux peuvent mordre, mais ils sont entraînés à ne pas le faire.

— Excellente idée, Callie! m'écriai-je.

J'avais dû me montrer trop enthousiaste parce qu'elle rétorqua :

— Tu n'as pas à te montrer si surprise. Je sais *une chose ou deux* sur les animaux. Très bien, on va en entraîner une.

Je n'avais jamais vraiment entraîné un animal, mais je connaissais le principe de base. Il faut le récompenser quand il se conduit correctement.

— Qu'est-ce qu'elles aiment? voulut savoir Callie. On ne peut quand même pas juste leur lancer de la poussière.

— Se faire chatouiller, dis-je. On peut les chatouiller quand elles font ce qu'il faut.

Nous choisîmes une petite fozelle, parmi celles qui étaient arrivées ce jour-là, dans la poubelle. Nous pensions que comme c'était un bébé, ce serait plus facile de l'entraîner. Puis nous nous assîmes au milieu du hall d'entrée de la clinique. La fozelle était dans un poêlon entre nous. Elle glissait d'un côté à l'autre comme quelqu'un en planche à roulettes sur une rampe; elle devait aimer la surface glissante du poêlon.

— Maintenant, il faut la surprendre, dis-je. Pas avec quelque chose de trop fort pour commencer. Si elle ne s'enflamme pas, nous la chatouillerons.

— Et si elle s'enflamme? On la punit?

— Non, non. Juste… comment ça s'appelle? Le renforcement positif.

Je soulevai le couvercle du poêlon.

— Attendons qu'elle se calme. Qu'est-ce qu'on pourrait faire pour la surprendre?

Callie fit craquer ses jointures en me toisant d'un air hautain.

— Voici ce que je propose. De toute façon, je dois faire mes vocalises. Prête?

Elle inspira profondément et se mit à chanter.

— *Do-ré-mi-fa-sol-la-si-doooooooooooo.*

La fozelle réagit en tournant en rond dans le poêlon. Elle ne s'enflamma pas, et je la chatouillai. En l'entendant bourdonner, je souris à Callie.

— Fantastique! Peux-tu chanter un peu plus fort?

— Oh! S'il te plaît! *Do-ré-mi-fa-sol-la-si-dooooooooooo!*

— Qu'est-ce que ce vacarme? J'essaie de faire un somme! bougonna une voix derrière le comptoir.

La tête de Bouboule apparut dans un coin, il vit Callie et soupira profondément. Il ébouriffa ses plumes et demanda :

— D'après toi, les fozelles pourraient-elles servir de cache-oreilles?

— C'est un peu risqué, répondis-je.

Heureusement, Callie ne m'entendit pas parce qu'elle avait recommencé à chanter, un peu plus fort, cette fois. J'essayai de chatouiller la fozelle, mais elle ne me prêtait pas beaucoup d'attention. Elle roula hors de la portée de mes doigts.

— *Do-ré-mi...*

La fozelle roulait en cercles de plus en plus petits. De plus en plus *vite* aussi.

Callie chanta plus fort.

Bouboule se couvrit les oreilles avec ses ailes.

— *Do-ré-mi...*

— Attends, Callie, pas plus fort! dis-je.

Mais elle avait fermé les yeux et tendu théâtralement les mains. Elle prit une grande inspiration...

— *Fa-sol-la-si-DOOOOOOOOOOOOOOO!*

À la dernière note, la fozelle frissonna, puis, *pouf*, elle s'enflamma si vite que je n'eus même pas le temps de remettre le couvercle sur le poêlon. La fumée monta jusqu'au plafond, Callie recula, et Bouboule éclata de rire.

— Ne lui fais pas de reproche, dit-il. Moi aussi, j'ai envie d'exploser quand j'entends Callie vocaliser.

— Leur entraînement exige peut-être un peu de temps, dis-je avec espoir.

J'agitai le couvercle du poêlon pour disperser la fumée pendant que la fozelle se calmait.

— Une seule leçon ne compte pas vraiment.

Callie toussa avec éloquence.

— Sois réaliste, Pip. Même s'ils parvenaient *finalement* à entraîner une fozelle, les gens ne vont pas courir le risque d'un incendie chaque fois qu'ils allument la radio ou claquent une porte. Les manticores avaleuses de feu ne se changent presque jamais en boules de feu. Les fozelles, elles, le font *toujours*.

J'essayai de leur trouver un aspect positif.

— Mais... mais... elles peuvent quand même servir à quelque chose! Les gens ont besoin de feu, pas vrai?

Callie me regarda longuement tout en ajoutant deux lignes à la liste des désavantages.

Désavantages d'avoir des fozelles comme animaux de compagnie :
1) s'enflamment (constamment)
2) détruisent les sous-vêtements
3) sont impossibles à entraîner
4) n'apprécient pas la belle musique

Selon moi, le quatrième point était une affaire d'opinion, mais je m'abstins de le dire. Je tirai mon sac à dos près de moi, sortis la fozelle du poêlon et la mis dans une des poches extérieures du sac. C'était assez proche d'un hamac de sous-vêtements pour lui faire plaisir.

— Tu vois? Les fozelles pourraient être très utiles en camping! suggérai-je avec bonne humeur. On les met dans notre sac à dos, comme ça, et quand on s'arrête pour monter notre tente, on n'a qu'à les surprendre et *boum!* On a un feu de camp!

— Ou *boum*, ton sac à dos prend feu, répliqua Callie.

— Eh bien, on ne dirait pas boum jusqu'à ce qu'on ait besoin...

— Non... *ton sac à dos est en feu*, dit Callie en me le montrant du doigt.

Je secouai le sac à dos et, bien entendu, la fozelle

enflammée était en train de trouer la poche extérieure. Quand le trou fut assez grand, elle roula sur le plancher de la clinique, laissant une trace de linoléum fondu dans son sillage.

Ça allait mal.

Quand tante Emma émergea de la salle d'examen pour dîner, Callie avait ajouté d'autres points à nos listes.

Désavantages d'avoir des fozelles comme animaux de compagnie :
1) s'enflamment (constamment)
2) détruisent les sous-vêtements
3) sont impossibles à entraîner
4) n'apprécient pas la belle musique
5) aiment être en groupe, alors on ne peut pas vraiment en avoir juste une
6) se cachent dans un recoin, dès qu'on détourne les yeux un instant
6a) aiment notre tiroir à sous-vêtements
7) dégagent une odeur de fumée infecte après quelque temps
8) épuisent les piles des détecteurs de fumée en une journée

— Qu'est-ce que vous faites? demanda tante Emma en passant à côté du comptoir de la réception.

Assises au milieu du hall d'entrée, Callie et moi utilisions le feu de la fozelle pour faire rôtir des guimauves. C'était le seul point positif que nous avions pu ajouter à la liste des *avantages*.

— On entraîne une fozelle. Tu veux une guimauve?

Je lui tendis ma brochette. La guimauve embrochée était parfaitement brunie.

Tante Emma l'accepta.

— C'est possible? demanda-t-elle tout en mastiquant.

Callie secoua la tête.

— Non. Elles sont juste… hé! dit-elle quand la fozelle s'éteignit.

Elle agita sa brochette au-dessus d'elle et reprit ses vocalises.

— *Do-ré-mi-fa-sol-la-si-do!*

La fozelle s'enflamma aussitôt. Callie remit sa guimauve sur le feu, attendit qu'elle grille, puis la mangea.

— Eh bien, voilà au moins une *bonne* idée! dit tante Emma.

Callie renifla et tendit la liste des *désavantages* à sa mère. Tante Emma écarquilla les yeux. Je ne savais pas si elle était impressionnée ou préoccupée par toutes nos expériences.

— Je pensais que si nous pouvions prouver qu'elles peuvent être domestiquées, les gens les considéreraient comme des animaux de compagnie plutôt que comme des nuisibles, expliquai-je.

— Ça arrive, Pip, dit gentiment tante Emma. Les gens essaient toujours de domestiquer des animaux qui sont parfois plus heureux à l'état sauvage.

— L'état sauvage de mon tiroir à sous-vêtements, grinça Callie.

— J'ai l'impression que si elles pouvaient parler, les fozelles te diraient qu'elles vivaient ici bien avant ton tiroir. Ou cette clinique! Ou Cloverton! fit valoir tante Emma. J'aimerais vraiment qu'elles *puissent* parler. Elles pourraient peut-être faire entendre raison à Mme Dreadbatch!

Nous soupirâmes à l'unisson. Aucune d'entre nous ne croyait qu'il serait possible de faire entendre raison à Mme Dreadbatch.

CHAPITRE
8

Une absence totale de dragons

La situation des fozelles ne s'améliorait pas et nous avions tous mangé trop de guimauves grillées. Même moi, ce qui n'est pas peu dire.

Nous avions trouvé un nombre incroyable de fozelles, et la clinique continuait d'en recevoir chaque jour dans des poubelles, des seaux et de vieux fours grille-pain. L'après-midi, M. Randall en apportait un lot à l'île des Deux canards. Et le soir, Mme Dreadbatch venait protester. Nous étions donc tous fatigués et en avions plus qu'assez des fozelles au coucher du soleil. Un matin, Callie explosa.

— Je n'en peux plus! Je ne peux plus faire ça! dit-elle d'une voix déjà stridente. J'en ai rêvé la nuit dernière, Pip. J'étais sur scène et les spectateurs n'étaient pas des gens, mais des fozelles. *Un théâtre plein de fozelles!*

Callie commençait à craquer. J'essayais d'avoir l'air

compréhensive quand la porte de la clinique s'ouvrit
derrière nous.

— Ajoutez-les au tas dans cette baignoire! dit
sèchement Callie sans se retourner pour voir ce que c'était.

— Tas? Baignoire? demanda une voix. Je suis venu
pour Régent Maximus. Je voulais juste lui rendre visite.

— M. Henshaw! m'écriai-je en me levant vivement.

Il agita la main. Comme la dernière fois, il portait un
costume et ses cheveux étaient si parfaitement coiffés qu'on
aurait dit des cheveux de poupée en plastique. Sa cravate
était de ce bleu clair auquel les bétafloncs ne résistent pas.
Tous ceux qui étaient dans le parc se mirent aussitôt à
bondir sur les murs et le plancher pour atterrir dessus.

— Comment va ma licorne, Pip? demanda
M. Henshaw, l'air aussi digne que possible étant donné les
circonstances.

— Très bien, répondis-je sans hésiter ou presque.

J'avais désormais plus de facilité à parler aux humains,
surtout quand je parlais de créatures magiques.

— Enfin, il va assez bien. Il se cache encore beaucoup
dans la paille. Et quand il y a eu ce petit orage l'autre après-
midi, il a cru qu'il allait se noyer. Et mardi, il a coincé sa
corne dans sa musette. Sinon… Venez le voir, je vais vous

accompagner.

Je jetai un coup d'œil à Callie. Elle plissa les yeux vers M. Henshaw, puis elle me dit :

— Profites-en pour fozeller les griffons… je veux dire, donne leurs fozelles aux griffons… je veux dire, nourris les fozelles… AH! DONNE JUSTE DU FOIN AUX GRIFFONS!

M. Henshaw parut effrayé. Je me hâtai de le conduire à la grande écurie.

Régent Maximus était dans une stalle entre deux griffons communs nommés Bazou et Fifi.

— Oh! Dieu merci, te voilà! s'exclama Fifi, si vite que je mis un instant à comprendre ce qu'elle venait de dire. Elle parlait toujours très vite. Il se lamente depuis une heure. Au moins! Il prétend qu'il y a une guêpe dans sa stalle.

— Non, ça, c'était ce matin, rectifia Bazou en sortant son bec à travers la porte de la stalle.

Il semblait grognon. Comme toujours.

— Maintenant, il dit que c'est un ver luisant.

— Ils ne te feront pas mal si tu ne fais pas de boucan et ne les déranges pas, dis-je à Régent Maximus qui continuait à faire du boucan et à déranger.

J'inspectai sa stalle à la recherche de guêpes ou de vers

luisants, mais je n'en vis aucun.

— Pardon? demanda M. Henshaw, décontenancé.

— Non, non, non, dis-je vivement.

Je m'efforçais de prendre un air naturel, mais je ne me rappelais pas exactement tout ce que j'avais dit à voix haute ni combien de temps j'avais regardé les animaux pendant qu'ils me parlaient.

— Je voulais juste… informer les animaux de ma présence!

J'attachai une bride au licou de Régent Maximus, le fis sortir de la stalle et le conduisis dans la cour sous le regard de M. Henshaw. La licorne esquiva un pissenlit comme si c'était un cobra.

— Ma vie! marmonna Régent Maximus, terrifié. Oh! Ma vie!

M. Henshaw soupira.

— Je crois qu'il ne pourra jamais participer à un spectacle. Je nourrissais tant d'espoirs à son sujet.

— Peut-être qu'avec un peu de travail, dis-je en tapotant le bout du nez de Régent Maximus.

Il regarda d'un air angoissé une mouche qui volait à côté de nous.

— Tu ne comprends pas, Pip, reprit M. Henshaw. J'ai

embauché des entraîneurs qui coûtent plus cher que la plupart des maisons. *Aucun* n'a réussi à le tranquilliser. Les licornes sont censées être majestueuses! Et fières!

— La *fierté* n'est pas toujours une bonne chose dans le cas des licornes, répondis-je en pensant à Frisson et à Diva. D'ailleurs, il a peut-être seulement besoin d'une personne capable de le comprendre.

— Tu le comprends, toi?

Je haussai timidement les épaules. Je comprenais Régent Maximus *mieux* que la plupart des gens. J'en étais absolument convaincue.

M. Henshaw sourit.

— Essayons ça… tu vois cette planche là-bas? demanda-t-il en me montrant un morceau de clôture brisé dans l'herbe. Si tu le convaincs de marcher dessus avant qu'il ne revienne vivre chez moi, je te donnerai vingt dollars.

Pour une raison quelconque, je n'étais pas mal à l'aise avec cette offre.

— Oh! Vous n'avez pas besoin de me *payer!* Je le ferai gratuitement.

— Ce n'est pas une bonne affaire, dit-il en riant.

— Je ne suis pas vraiment une femme d'affaires. Je suis

davantage une… chercheuse. Je le ferai pour la recherche.

— C'est juste, dit M. Henshaw. Noble. Marché conclu.

Nous étions en train de nous serrer la main quand tante Emma vint nous rejoindre.

— Je vous en prie, ne me dites pas que vous venez de vendre cette licorne à ma nièce, dit-elle en voyant nos mains jointes. Je ne peux pas nourrir d'autres gros animaux.

Une étincelle s'alluma dans les yeux de M. Henshaw.

— Pas encore… mais c'est un excellent plan B si sa carrière de licorne de spectacle ne démarre pas. Je lui ferai un très bon prix.

— Ne la tentez pas! Pip est aussi folle des animaux que moi, dit tante Emma.

En l'entendant, je me sentis à la fois gênée et ravie. Avant que j'aie pu décider quel sentiment était le plus fort, elle changea de sujet de conversation et parla de permis, de construction d'écuries et de kilomètres carrés.

Je cessai d'écouter et me tournai vers la licorne.

— Très bien, Régent Maximus, chuchotai-je. Si tu marches sur cette planche, je te donnerai un rayon de miel grand comme ma main.

— Je vais mourir, répondit-il. Une écharde. Un clou. Un abcès. Le tétanos. Ce camion à ordures.

À six maisons de nous, ce camion ne présentait aucun danger. J'essayai de l'expliquer à Régent Maximus. Je compris vite que *parler* à une licorne était très différent de *convaincre* une licorne. Je ne pus m'empêcher de me rappeler comme j'avais mal convaincu les licornes lors du fameux incident.

Les adultes parlaient toujours. D'une voix très différente, M. Henshaw dit soudain :

— Emma, je pensais… accepteriez-vous de souper avec moi, un soir? Il y a ce fabuleux nouveau restaurant italien…

— Oh! Bill, je suis flattée, répondit tante Emma, les joues empourprées. Vraiment. Mais je suis encore mariée avec Grady.

Elle leva la main et fit miroiter son anneau.

— Je comprends, dit M. Henshaw, mais il n'en avait pas l'air. Rappelez-vous qu'il y a sept ans…

— Je le sais. Croyez-moi, je le sais.

C'était étrange d'entendre quelqu'un parler d'oncle Grady. La plupart du temps, nous évitions le sujet.

Et parce que nous ne parlions pas de mon oncle, nous ne parlions pas des dragons non plus.

Il n'est pas question de dragons dans *Le guide des créatures magiques* de Jeffrey Higgleston… parce qu'ils n'existent pas. Je serais aux anges s'ils existaient, je veux dire. Il y a toutes sortes d'anciennes légendes à leur sujet et de temps en temps une histoire farfelue paraît dans le journal racontant comment une vieille dame en a aperçu un dans le désert. Mais en vérité aucune personne digne de confiance n'en a jamais vu de mémoire d'homme et personne n'a jamais trouvé de squelette non plus. Et surtout, personne n'a jamais trouvé de crottes de dragon.

Tout ce qui existe produit des crottes.

Donc, les dragons n'existent pas. Et pourtant, il y a sept ans, le mari de tante Emma, oncle Grady, est allé à leur recherche dans les déserts du Texas et du Mexique. Il restait en contact avec ma tante. Il lui téléphonait et lui écrivait parfois des lettres romantiques. Mais un jour les appels et les lettres ont cessé. Vraiment *cessé*, juste comme ça.

Était-il mort? Vivant? Avait-il besoin d'aide? Avait-il fini par trouver des crottes de dragon?

Ces questions demeuraient sans réponse depuis sept ans.

— Mais je vous remercie de, euh, l'invitation, dit tante Emma.

Elle essayait si fort de paraître légère et désinvolte qu'elle paraissait exactement le contraire.

— Appelez-moi quand l'écurie de Régent Maximus sera prête à le recevoir, reprit-elle.

J'aperçus Callie à la porte de la clinique, l'air méfiant. Elle fixait M. Henshaw d'un regard assassin.

M. Henshaw esquissa malgré tout un sourire chaleureux et me dit :

— Ne te laisse pas décourager par Régent Maximus, Pip. J'apprécie tes efforts.

À l'arrière-plan, Régent poussa soudain un cri d'épouvante. Pour tous les autres, cela ressemblait à un hennissement terrifié, mais moi, je le compris bien sûr parfaitement quand il hurla :

— Pourquoi? Pourquoi le ciel est-il si *bleu* aujourd'hui? Qu'est-ce que ça veut *dire*?

— Attendez, dis-je avec beaucoup plus d'assurance que je n'en ressentais. La prochaine fois que vous verrez votre licorne, vous ne la reconnaîtrez pas.

CHAPITRE
9

Les griffons miniatures soyeux sont aussi des êtres terribles

— C'est. Un. Morceau. De. Bois. Littéralement. C'est un morceau de bois. Tu en as tous les jours autour de toi quand tu es dans l'écurie, dis-je en laissant tomber mon front sur ma main.

Je m'efforçais de faire preuve de patience avec Régent Maximus, mais nous étions là depuis le dîner. Il faisait chaud et humide, et des moucherons ne cessaient de voler dans mes yeux. J'avais le bras couvert de notes sur les fozelles gribouillées pendant les nombreuses défaillances de Régent Maximus. Cette affaire de planche ne m'avait pas semblé une tâche impossible quand je l'avais acceptée, mais M. Henshaw connaissait apparemment sa licorne mieux que je ne l'avais pensé.

Debout dans l'escalier à l'arrière de la clinique pour éviter les bulles allergiques, Tomas me fit remarquer :

— En fait, les planches de l'écurie sont plus grosses. Ceci n'est qu'un petit morceau de bois.

— Plus grosses? hennit Régent Maximus en tournant craintivement l'oreille vers l'écurie.

Ses yeux s'agrandirent. Il se mit à trembler.

Fantastique! Maintenant, il avait aussi peur de l'écurie.

Je n'avais pas que la licorne en tête. Je commençais à me sentir un peu plus nerveuse à propos des fozelles. Beaucoup plus, en fait. Il ne restait qu'un jour avant l'arrivée des exterminateurs et nous étions loin d'avoir trouvé une solution au problème. Nous n'avions pas revu Mme Dreadbatch, mais, au déjeuner, tante Emma m'avait montré un article dans le journal de Cloverton. Le petit musée de la ville avait pris feu la veille au soir et tous les uniformes historiques de la guerre civile avaient été carbonisés. Je supposai que les fozelles se contentaient d'uniformes en laine quand elles ne trouvaient pas de sous-vêtements. Le SÉSAMES avait convoqué une assemblée communautaire pour traiter de la situation. Apparemment, il avait besoin d'un vote majoritaire pour entreprendre l'extermination.

Extermination! Même le mot semblait terrible.

Tante Emma irait à l'assemblée et elle dirait que

l'habitat sur l'île semblait fonctionner pour le moment. Mais elle avait paru préoccupée. Elle savait que ce n'était pas une solution permanente.

— Non, dit Régent Maximus à Tomas. Non, non, non, non, non.

— Pourquoi fait-il ces bruits en me regardant? demanda Tomas. Je n'ai rien dit!

— Son visage! cria la licorne. Ce garçon est sur le point de me demander de me rapprocher et je ne veux pas. Je… non, non, non!

Je lui fis une grimace. C'était difficile de croire qu'il faisait partie de la même espèce que les licornes des Barrera. Régent Maximus se voûta autant qu'un animal à quatre pattes pouvait le faire, et la mèche arc-en-ciel sur son front tressauta sur son œil. Il avait l'air encore moins noble, Tomas ayant aussi emmitouflé sa corne dans une chaussette blanche empruntée à un de ses frères. Tomas m'expliqua que la chaussette rendrait l'entraînement plus sécuritaire. Je n'avais pas l'impression qu'une chaussette arrêterait ce que Jeffrey Higgleston appelait l'« arme la plus pure du monde naturel », mais Tomas insista.

Il reprit le fil de notre conversation précédente.

— Peut-être que les tu-sais-quoi volent, c'est-à-dire

roulent vers le sud pour la saison? Comme les oiseaux?

Nous avions découvert plus tôt que le mot *fozelle* mettait Régent Maximus dans un état de terreur aveugle. Il en avait perdu la vue, littéralement. Il avait fermé les yeux et s'était élancé. Heureusement, il avait heurté une meule de foin plutôt que le tracteur juste à côté.

— Il n'a jamais été fait mention d'une migration sur Internet, répondis-je. Et *quelqu'un* l'aurait sûrement remarqué si elles le faisaient chaque année. Les choses ne décident pas subitement de migrer.

Tomas prit un petit ventilateur dans sa poche et l'agita devant son visage. Il me regarda.

— Quoi? Un coup de chaleur peut provoquer un arrêt cardiaque en quelques minutes.

J'aurais aimé que Tomas puisse avoir une conversation avec Régent Maximus. À mon avis, ils avaient bien des choses à se dire.

La porte arrière de la clinique s'ouvrit en grinçant. Bouboule en sortit, l'air indigné, suivi par la voix de Callie.

— Hors d'ici! Si je trouve la personne qui t'a donné des ananas, elle est morte. Maintenant, ça sent dans tout le bureau.

Elle claqua la porte.

Bouboule leva les yeux au ciel , puis se coucha sur la marche juste à côté de Tomas. Le griffon miniature dit à voix basse :

— Ça sent meilleur que son vernis à ongles.

Puis un petit bruit s'échappa de son arrière-train.

Tomas fronça les sourcils. Régent Maximus frémit.

— Qu'est-ce qui se passe ici? me demanda Bouboule.

— On essaie d'enseigner à Régent Maximus à passer au-dessus de la planche là-bas.

Bouboule examina la planche tout en rongeant une de ses griffes avec son bec.

— Sauter par-dessus, tu veux dire?

— Non, marcher dessus.

— Et il… n'est pas capable?

— Il est nerveux, expliquai-je poliment puisque Régent Maximus m'entendait. À propos des échardes. Il a peur de trébucher. Et il y avait quelques fourmis à côté tout à l'heure…

— *Les licornes*, m'interrompit Bouboule, complètement excédé.

Il ferma les yeux, mais je savais qu'il ne dormait pas. Je me retournai vers Régent Maximus.

— Réfléchis, lui dis-je. M. Randall reviendra bientôt et

nous devons aller porter les fozelles du jour au lac des Deux canards. Si tu veux marcher sur cette planche aujourd'hui, c'est peut-être ta dernière chance!

Les naseaux de la licorne se dilatèrent.

— Pourquoi? Que va-t-il se passer plus tard aujourd'hui? Un tremblement de terre? Une invasion d'abeilles tueuses? Un naufrage? *Dis-le-moi!*

— Très bien, l'interrompit Bouboule sur un ton grincheux. Voici ce que nous allons faire.

Il se leva, s'étira, sortit ses griffes et lustra ses plumes.

— Hé! Licorne! Comment t'appelles-tu? Régent Maximus? Régent… c'est trop compliqué. Et si je t'appelais Régent Machin-truc-mus… Souper.

Boubouble se pencha en avant, prêt à bondir.

— Quoi? demandai-je, confuse.

— Souper? répéta Régent Maximus avec une note hystérique dans la voix. *Souper.*

Il examina Bouboule comme s'il essayait d'évaluer si cette créature de neuf kilos était vraiment une menace.

La queue frétillante, Bouboule contracta ses petites griffes.

— Pip! Pip, cache-moi! hurla Régent Maximus en se dandinant derrière moi.

Il enfouit sa tête sous mon bras pour garder un œil sur Bouboule. Je le sentais trembler. Sa corne dans la chaussette était juste en face de moi. Je tremblais aussi.

— Ça fait une éternité que je n'ai pas mangé une bonne licorne, reprit Bouboule d'une voix grave et menaçante. Je n'en peux plus. Avons-nous de la sauce à bifteck, Pip?

— Bouboule, protestai-je. Je ne crois pas…

Régent Maximus n'arrivait plus à formuler une phrase cohérente. Il ne faisait que crier des mots.

— Pip! Souper! Manger! Cacher! *SAUCE À BIFTECK!*

Bouboule bondit… enfin, presque. Comme il était trop vieux pour vraiment *bondir*, il se contenta de sauter du perron.

Ce fut suffisant.

Régent Maximus se cabra tandis que sa crinière arc-en-ciel s'agitait derrière lui comme un étendard. Il partit comme une flèche. Arriva droit sur la planche dans l'herbe.

Il sauta par-dessus comme si de rien n'était.

— Hou! cria Tomas en se relevant brusquement.

Régent Maximus ne remarqua même pas ce qu'il venait de faire et continua sur sa lancée en hennissant « Sauce à bifteck » à pleins poumons. Une fois rendu à la clôture au bout du terrain, il lança un regard furtif à Bouboule et plongea derrière un abreuvoir.

— Il n'y a pas de quoi, me dit Bouboule.

Il retourna sur le perron en bâillant.

— Je préférerais l'hobgraquel à la licorne.

— Ne prends pas cet air arrogant, répliquai-je sur un ton encore plus maussade. La licorne n'a rien *appris*.

Tomas me rejoignit et nous allâmes ensemble récupérer Régent Maximus. Il était toujours coincé derrière l'abreuvoir, ce qui aurait été une assez bonne cachette sans la chaussette clairement visible qui le surmontait.

— Pourquoi Bouboule a-t-il attaqué? voulut savoir Tomas qui n'avait évidemment pas compris un mot de son plan.

Je le lui expliquai pendant qu'il sortait de sa poche une poignée de pastilles pour la toux à saveur de fruits qu'il aligna par terre de la cachette de la licorne jusqu'à notre cour. Il voulait attirer l'animal. J'entendis Régent Maximus renifler derrière l'abreuvoir, mais j'imagine qu'il n'était pas assez tenté pour venir.

Tomas haussa les épaules et mit la dernière pastille dans sa bouche.

— Bon, avoue que la perspective d'être mangé est plutôt angoissante, dit-il. Je m'enfuirais probablement, moi aussi, si j'entendais quelque chose menacer de me déguster avec de la sauce à bifteck. Surtout que je suis allergique à la sauce à...

Ma mauvaise humeur disparut soudain, remplacée par de l'excitation.

— Tomas! C'est ça!

— Mon allergie à la sauce à bifteck? En fait, il s'agit d'une allergie au colorant caramel...

— Non! Les fozelles! Je crois savoir pourquoi elles sont ici! dis-je en me tapant dans les mains.

CHAPITRE
10

Une évasion et autres idées brillantes

Les fozelles avaient peur.

Elles n'avaient pas peur de *tout*, comme Régent Maximus, mais elles avaient peur d'être mangées. J'étais certaine qu'elles étaient venues à Cloverton... pour *fuir* un prédateur. Le problème, c'est que je n'avais aucune idée de ce qui mangeait les fozelles.

Mais c'était un début. L'étape suivante serait d'en parler avec tante Emma, ce que je pus faire ce soir-là.

Après la fermeture de la clinique, tante Emma, Callie et moi allâmes au lac des Deux canards. Ma tante voulait voir si les fozelles allaient bien, et nous décidâmes d'en profiter pour pique-niquer sur l'île. Elle n'avait rien d'un cordon-bleu, et notre repas consista en pommes de terre au four, enveloppées dans du papier d'aluminium, farcies de tout ce qui se trouvait dans les tiroirs du frigo coupé en petits morceaux.

Quand nous arrivâmes sur la grève — heureusement, les canards trempeurs émeraude semblaient s'être installés ailleurs avec leurs commentaires négatifs —, les fozelles se rassemblèrent à proximité, juste hors de portée. C'était difficile de savoir ce qu'elles pensaient, mais elles semblaient curieuses. Tante Emma en prit quelques-unes, les ausculta avec son stéthoscope et examina leurs yeux avec une minilampe de poche.

— Elles vont tellement bien ici! dit-elle. Nous allons bientôt manquer d'espace, quel dommage.

Elle ne dit pas : *elles seront bientôt exterminées, quel dommage*, mais je savais que c'est ce qu'elle pensait.

Callie se laissa tomber sur la grève, déballa sa pomme de terre et soupira.

— Merveilleux. Ce machin est aussi froid qu'un cadavre d'ours polaire.

Contrariée, elle remit sa pomme de terre dans le papier d'aluminium et la lança sur un tas de fozelles. Elles s'enflammèrent aussitôt.

— *Callie!* la gronda tante Emma.

Callie plissa les yeux.

— Quoi? Si elles sont capables de rôtir des guimauves,

elles peuvent aussi réchauffer des pommes de terre.

Il y avait une énorme différence entre faire rôtir une guimauve *au-dessus* d'une fozelle et lui lancer une patate sur la tête, mais cela n'eut pas l'air de les déranger. Tante Emma et moi déposâmes quand même plus délicatement nos paquets d'aluminium au milieu des fozelles. Quand elles furent réchauffées, nous les dévorâmes.

— Les fozelles ont-elles des prédateurs naturels? demandai-je à ma tante.

Elle cueillit un morceau de pomme dans sa pomme de terre et la mastiqua d'un air songeur.

— Eh bien, en réalité, beaucoup de créatures en raffolent. C'est pourquoi les fozelles s'enflamment. Comme elles ne sont pas très rapides et n'ont ni dents ni griffes pour repousser les gros prédateurs, elles ont besoin d'un moyen de défense spectaculaire.

— Quel genre de gros prédateur?

Elle réfléchit un instant.

— Les morques sauvages, j'imagine. Ils ont une protection spéciale dans leur gueule qui leur permet de manger des animaux épineux et empêche aussi les flammes de trop les brûler. Et les crocodiles communs les mangeront s'ils peuvent les attraper; ils les entraînent sous l'eau. Les grims, s'il y a des fozelles sur leur route migratoire. Les hobs sauvages parfois...

Pendant que tante Emma poursuivait sa réflexion sur les hobs sauvages (et que cette conversation sur les créatures magiques faisait soupirer Callie), j'entendis un bruit d'éclaboussure à proximité.

— Vous avez entendu? demandai-je.

Sans se donner la peine de dire « Quoi? », Callie et sa mère se turent aussitôt et tendirent l'oreille. Un autre *plouf* retentit distinctement par-dessus le bourdonnement assourdi des insectes nocturnes.

— Des poissons de verre? suggéra tante Emma. Il n'y a pas beaucoup de moustiques, mais ils attrapent peut-être des libellules.

On entendit un troisième *plouf*.

Tante Emma sortit rapidement deux lampes de poche. J'en pris une; Callie voulut saisir l'autre, mais tante Emma lui prit la main. Nous nous avançâmes ensemble en balayant le rivage avec nos lampes de poche. Mon cœur battait trop fort pour entendre s'il y avait d'autres bruits d'éclaboussure. Je pensais à toutes les choses susceptibles de rôder le soir autour d'un lac. Tomas avait-il raison? Y avait-il vraiment des crétins des marais de Géorgie aux

Poisson de verre

Le poisson de verre carnivore mange quotidiennement le double de son poids en insectes.

Le poisson de verre se nourrit à la surface; quand il est menacé par des oiseaux ou d'autres prédateurs, sa peau se transforme rapidement en verre.

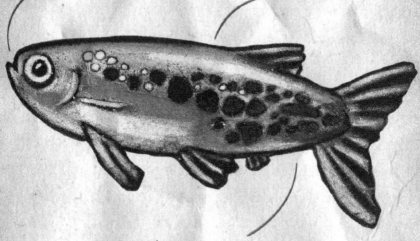

Le poisson de verre a la plus longue durée de vie de toutes les espèces de poissons d'eau douce; il ne semble pas vieillir quand il est en verre.

TAILLE : 15 cm
POIDS : de 28 à 56 g
DESCRIPTION : Le poisson de verre est un poisson d'eau douce. Il doit son nom à sa capacité de changer sa peau en verre quand il est attaqué par des prédateurs. Il a fait l'objet d'une pêche intensive à la fin du Moyen-Âge, car on utilisait son corps de verre comme mobile bruyant pour chasser les démons. L'espèce est réapparue quand la superstition

alentours? Ils n'étaient pas vraiment mortels, bien sûr, mais leur morsure pouvait vous faire boiter pendant des semaines!

(Ce n'était pas dans le *Guide*. Tomas me l'avait dit. Trois fois.)

Tante Emma agita sa lampe de poche au-dessus du sable. Le rayon éclaira la volée de canards trempeurs émeraude. Ils oscillaient dans l'eau peu profonde, les yeux fermés, profondément endormis. L'un d'eux marmonnait dans son sommeil : «... *tellement mieux... que ces petits canards... presque des poulets... à peine de la volaille...*»

— Je ne vois rien, me chuchota tante Emma.

Mais moi, oui. Et je n'avais pas besoin de lampe de poche pour le voir.

— Là! soufflai-je.

À mi-chemin entre le rivage de l'île et celui du continent, un feu minuscule brûlait à la surface de l'eau. Invraisemblable.

C'était une fozelle, évidemment. Je dirigeai ma lampe de poche vers elle. Elle se balançait mollement sur l'eau, se tortillait, se contractait et poussait son derrière (peut-être... c'est difficile de distinguer l'avant et l'arrière d'une fozelle) pour se rapprocher de la grève.

— Comment fait-elle? s'étonna tante Emma. Les fozelles ne nagent pas!

— Dépêche-toi de le découvrir parce que les autres arrivent, grinça Callie derrière nous.

Nous tressautâmes et suivîmes son regard. En effet, une flottille de fozelles voguait au milieu du lac. La moitié d'entre elles était en feu.

Habituellement rationnelle et imperturbable, ma tante s'écria :

— Oh! *Non*. Comment?

Je plissai les yeux et éclairai la plus proche avec ma lampe de poche. Elle semblait encore plus magique que les fozelles ne sont censées l'être. On aurait dit qu'elle voltigeait à la surface de l'eau.

Alors qu'un autre groupe arrivait en flottant, j'aperçus une lueur. Elle ne semblait pas venir d'une fozelle, mais de quelque chose *sous* la fozelle.

— Ce sont des poissons de verre! bredouillai-je. Elles chevauchent des poissons de verre!

En effet, en courant autour de l'île, nous vîmes que, quand les poissons de verre venaient à la surface pour attraper des insectes, les fozelles sautaient dessus. Cela n'avait pas l'air de perturber les poissons qui voguaient comme de petits bateaux à l'épreuve du feu.

Toutes les fozelles semblaient savoir instinctivement comment gigoter, se dandiner et vibrer pour diriger les poissons de verre vers le rivage. Lorsqu'elles se rapprochèrent de la liberté, elles se mirent à bourdonner, et quand elles bourdonnèrent, de plus en plus d'entre elles s'enflammèrent.

— C'est une catastrophe, soupira tante Emma. Si elles se répandent sur la grève, elles mettront peut-être le feu aux chalets. Et nous ne pouvons les retourner sur l'île puisque nous savons maintenant qu'elles savent comment s'échapper!

— Magnifique, dit Callie. La nature! J'adore! Attendez que Mme Dreadbatch apprenne *ça!*

Mon sang se glaça dans mes veines à la seule mention de ce nom.

— Peux-tu appeler M. Randall? demandai-je. Il pourrait apporter quelques extincteurs avant que quiconque ne les voie.

— Oui, oui, répondit tante Emma, soulagée. C'est un début. Essayez d'effrayer les autres poissons de verre pour empêcher que d'autres fozelles ne s'échappent pendant que je tente de le joindre.

— Comment sommes-nous censées faire *ça?* voulut savoir Callie.

Résignée, j'enlevai mes souliers et roulai les jambes de mon pantalon.

— Oh! Pas question! s'écria Callie. Ce sont des chaussures neuves pour ma pièce! Je voulais juste les assouplir!

Un autre groupe de fozelles se jeta sur un banc de poissons de verre nageant dans l'eau peu profonde. Sans protester davantage, Callie et moi nous précipitâmes à leur poursuite et éparpillâmes le banc de poissons sous la surface.

— Allô! dit tante Emma au téléphone d'une voix anxieuse. Joseph? Nous avons besoin de ton aide! Elles s'échappent... Je sais, moi non plus je ne les pensais pas assez intelligentes...

Sur la rive du lac, de l'aide semblait déjà être arrivée. Une paire de phares nous aveugla soudain. Ils étaient braqués sur l'île. Une silhouette en émergea. Elle portait des talons hauts. Elle paraissait un peu floue.

Tante Emma dirigea le faisceau de sa lampe de poche vers la lointaine arrivante sur l'autre rive.

Mme Dreadbatch.

— Ah! *Ah!* cria celle-ci en nous montrant du doigt furieusement. Je le *savais!*

C'est alors que le sol devant elle s'embrasa.

Tout compte fait, c'était un petit feu; le premier groupe de fozelles avait finalement atteint le rivage. Mais cela n'empêcha pas Mme Dreadbatch de reculer en vociférant des imprécations. Elle enleva brusquement sa veste rouge vif et s'en servit pour combattre les flammes. Tout ce brouhaha donna un choc aux autres fozelles qui s'allumèrent l'une après l'autre jusqu'à ce qu'elles ressemblent à de petits feux de camp flottants.

— Venez! cria tante Emma.

Callie et moi montâmes rapidement dans le canot. Tante Emma nous poussa, grimpa à son tour et se mit à pagayer frénétiquement. Une fois sur la rive, elle débarqua en vitesse et, trébuchant un peu dans l'eau, elle courut aider Mme Dreadbatch.

— Il y en a partout! *Partout!* hurlait cette dernière.

Des lumières s'allumèrent dans les chalets et les vacanciers sortirent pour voir ce qui se passait. Mme Dreadbatch avait raison : les fozelles *étaient* partout. Les bosquets bruissaient, les sentiers grouillaient. Elles roulaient autour des pieds de Mme Dreadbatch; de petites flammes léchaient ses chevilles. Son collant portait des marques de brûlures et il y avait un gros trou dans sa veste.

— Cessez de crier, Mme Dreadbatch, la supplia tante Emma. Vous les effrayez! Vous envenimez les choses!

La prenant par le bras, elle essaya de l'éloigner de la grève pleine de fozelles. Mais Mme Dreadbatch avait de la difficulté à marcher avec ses talons aiguilles dans le sable.

Elle se tordit la cheville. Puis la jambe. Puis elle tournoya, déséquilibrée, et elle s'écroula sur le sol en battant les bras. Son derrière atterrit sur une fozelle enflammée. Ses souliers pointus s'envolèrent, j'en entendis un tomber dans le lac, et elle commença à se rouler par terre, le popotin enflammé. Tante Emma poussa un petit cri et courut vers elle, mais il était trop tard.

Mme Dreadbatch roula dans le lac.

Personnellement, je trouvais que c'était une bonne solution. Après tout, l'eau avait éteint le feu sur son postérieur.

Mme Dreadbatch voyait les choses autrement.

Elle recula, saisit le côté de notre canot pour se redresser. Cherchant à reprendre son souffle, elle hoqueta et écarquilla les yeux. Son mascara coulait et elle avait des algues dans les cheveux.

Debout sur la grève, dégoulinante, tante Emma observait la scène, en état de choc. Elle n'était pas la seule. Tous les estivants étaient sortis de leurs chalets et regardaient.

Mme Dreadbatch émit finalement un « *Ahhhhhh!*» qui me fit craindre de la voir foncer sur ma tante comme un rhinocéros en colère. Tante Emma parut penser la même chose, car elle recula d'un pas.

— C'est ça! réussit enfin à articuler Mme Dreadbatch.

Elle pataugea hors de l'eau. Elle ressemblait un peu à un wallo écossais des marécages. J'imaginais qu'elle ne mangeait pas de limaces, comme les wallos. Bon, elle n'en mangeait *probablement pas*.

Callie et moi sortîmes du canot et la suivîmes sur le rivage.

— Vous n'êtes pas blessée, Mme Dreadbatch. Tout va bien, dit tante Emma d'une voix encourageante.

M. Randall arriva alors avec un camion plein d'extincteurs, mais c'était inutile, car à présent que Mme Dreadbatch ne les frappait plus à coup de veste rouge, les fozelles roulaient allègrement sur la berge, tous feux éteints.

— Pas blessée? Pas *blessée*? Comment, exactement,

Wallo écossais des marécages

appelez-vous *ça?* croassa Mme Dreadbatch en montrant la brûlure sur son postérieur.

Même sa culotte fleurie avait brûlé.

— Demain. Les exterminateurs arrivent *demain.* Le SÉSAMES les paiera ce qu'ils demandent. Ces fozelles sont *dangereuses* et incontrôlables, c'est clair. Et si elles incendiaient un des chalets? Ou ma maison? Ou votre précieuse *clinique? Alors quoi?*

Je m'attendais à ce que tante Emma lui réponde du tac au tac, mais à ma grande surprise, Mme Dreadbatch parvint à sa Cadillac sans que j'entende un seul mot sortir de la bouche de ma tante.

Je me tournai vers elle.

Elle semblait défaite et trempée. Elle repoussa ses cheveux derrière ses oreilles et hocha silencieusement la tête. M. Randall lui tapota l'épaule pour la réconforter. Puis ils se dirigèrent tous deux vers la voiture.

— Attendez! criai-je. Tante Emma! Tu ne peux pas abandonner la partie!

— Pip, soupira-t-elle, j'ai beau détester être d'accord avec Mme Dreadbatch — et je déteste *vraiment* ça —, elle a raison. C'est dangereux. Quelqu'un pourrait être grièvement blessé. C'est injuste pour les fozelles, je sais, mais c'est ainsi que les choses se passeront.

Je ne savais quoi dire. Callie, M. Randall et tante Emma ramassèrent des brassées de fozelles et les mirent dans la boîte du camion. Il faudrait plus d'un chargement.

— Où les amenons-nous? demanda M. Randall.

— Pour l'instant, nous retournons à la clinique, répondit tante Emma, toujours déprimée. Là, nous pourrons les surveiller. Et leur fournir un abri confortable jusqu'à ce que les exterminateurs viennent…

Elle ne termina pas sa phrase. C'était inutile.

Je refusai de leur prêter main-forte. J'avais déjà assez participé à cette histoire. Je ne ferais plus rien. Je me dirigeai à grandes enjambées vers le lac et m'assis sur la berge, le menton appuyé sur mes genoux. L'eau me léchait les orteils et j'avais la gorge serrée à force de ravaler mes larmes. Puis, pour empirer encore les choses, les canards trempeurs émeraude que nous venions de réveiller s'approchèrent du rivage en marmonnant.

— Vous avez vu cette dame tomber à l'eau? Je me demande si je peux retrouver son soulier. Des souliers superbes.

— Oh! Oui, très beaux. J'aimais aussi son collier. On aurait dit des émeraudes.

— Vraiment!

— À présent que les fozelles sont parties, nous retrouverons peut-être le silence et la paix ici.

— Ce serait bien si ces enfants bruyants pouvaient s'en aller, eux aussi. Ils remuent la vase en s'éclaboussant.

— Personne ne respecte la vase. Tu te rappelles ce chien noir? Il a marché en plein dedans! Qui va nettoyer les dégâts, selon lui?

— Vous savez ce que je parie qu'il a?

— Des puces de lacs, répondirent deux canards d'une seule voix.

Je leur lançai un regard sombre. Je devais avoir l'air assez sévère parce qu'ils me lancèrent à leur tour un regard appuyé et flottèrent loin de moi en critiquant mes cheveux.

— N'osez jamais dire que j'ai des puces de lac! vociférai-je.

Des puces de lac. Je n'étais même pas sûre qu'elles existaient. Ces canards voulaient juste se plaindre de quelque chose. Je parie que ce chien n'avait même pas dérangé la vase…

Je compris soudain.

Un chien. Un chien *noir*.

Je regardai la fozelle la plus proche, elle était juste à

côté de ma jambe.

— Hé! Fozelle! Peux-tu me dire pourquoi vous êtes tout à coup arrivées à Cloverton?

J'avais évidemment déjà tenté de leur parler, à la clinique, et seul un bourdonnement m'avait répondu. J'avais cru qu'elles ne pouvaient ou ne voulaient pas parler. Je devais penser que des choses aussi petites ne comprenaient rien.

Bien des gens s'imaginent aussi que quelqu'*un* d'aussi jeune que moi ne comprend rien.

— Je sais que tu as probablement essayé de me le dire, dis-je. Ou, euh, l'une d'entre vous. Mais j'écoute à présent, je te le jure. Pourquoi es-tu ici?

La fozelle se rapprocha de moi. Une autre la rejoignit, puis une autre, et encore une. Elles se mirent à bourdonner, mais cette fois je savais que ce n'était pas vraiment un bourdonnement. Elles *parlaient*.

Grrrrrrrrrrrr-immmmmmmmmmmmmmm, vrombirent-elles à l'unisson.

À présent, je savais exactement ce qu'elles avaient essayé de me dire, parce que, grâce au *Guide des créatures magiques* de Jeffrey Higgleston, je savais exactement ce qu'était un grim.

C'était, comme je l'avais soupçonné, un prédateur. Un prédateur qui ressemblait terriblement à un gros chien noir.

Un gros chien noir *magique*, terrifiant, énorme, aux dents acérées.

CHAPITRE
11

La situation s'envenime

Quand nous eûmes installé les fozelles dans la clinique, je fis part de ma découverte à tante Emma. Mais elle ne me crut pas.

— Pip, tu n'as pas lu le reste du chapitre dans le *Guide*? Les grims ont une route de migration établie. Ils passent l'hiver au Mexique et l'été dans les montagnes de la Caroline du Nord. Ils sont connus pour leur migration. Ils n'errent pas.

— Mais qu'en est-il du grim solitaire? Si c'en était un? Rien d'étonnant à ce qu'elles aient voulu fuir l'île si un grim solitaire rôdait autour du lac des Deux canards!

— Ce n'est pas impossible, admit tante Emma, mais c'est improbable. D'ailleurs, nous ignorons si elles fuyaient dans un but précis. L'une d'elles aurait pu rouler par hasard sur un poisson de verre et les autres l'ont suivie. Les fozelles ont tendance à se regrouper. De toute façon, c'est sans importance, Pip. C'est trop tard maintenant. Trop tard pour changer quoi que ce soit.

— Mais nous avons toute la nuit! Nous pouvons aller à la recherche d'un grim! insistai-je.

— Pip, dit ma tante en mettant la main sur mon épaule — c'est ce que font parfois les adultes quand ils essaient de nous dire une chose que nous ne voulons pas entendre —, je sais que c'est une situation épouvantable. Mais nous ne ferons rien de bon en nous baladant autour de Cloverton à la recherche d'un animal qui n'est pas là. Ce que nous *pouvons* faire, c'est veiller à ce que les fozelles ne soient pas stressées ici et aller à l'assemblée communautaire pour nous assurer que ceci ne se reproduira plus jamais.

Elle entra alors dans la clinique, mais j'eus l'impression que c'était pour y donner libre cours à son chagrin.

J'allai à ma chambre. Mais je ne dormis pas. Allongée dans mon lit, je dessinai des fozelles sur ma main en essayant d'élaborer un plan. Quand le soleil se leva, je n'avais pas beaucoup dormi, mais j'avais pris une décision. S'il y avait un grim, je le trouverais et je lui parlerais. Je le convaincrais de quitter Cloverton. Les fozelles retourneraient alors à la vie sauvage. Nous serions tous en

Grim

Comme le chien ninja, le grim est toujours noir de jais.

Les grims ont un double pelage : une couche de duvet recouvre leur peau et la fourrure extérieure est composée de poils drus plus résistants que le métal.

Les grims auront quatre dentitions au cours de leur vie, chacune d'elles plus importante et plus dure que la précédente; les dents d'un grim âgé sont plus tranchantes que des diamants.

Leurs pattes massives sont plus grosses que celles des chiens domestiques.

Les grims vieillissent très lentement. Un jeune grim met plus de 7 ans à atteindre sa taille adulte et compte beaucoup sur sa meute pour le protéger et le nourrir.

Un grim adulte peut sauter par-dessus un mur de 2 mètres.

TAILLE : 782 cm à l'encolure

POIDS : de 124 à 159 kg

DESCRIPTION : Espèce menacée, les grims sont parmi les plus dangereux prédateurs. Sournois et furtifs, ils sont le résultat d'un très ancien croisement entre le loup terrible et le chien ninja. Bien que le grim soit grégaire, il arrive parfois qu'il quitte sa meute. Cet animal est alors appelé « grim solitaire ». Tous les grims sont protégés en vertu de la loi sur les sécurité, des fozelles jusqu'à Mme Dreadbatch.

Il n'y avait qu'un hic : j'avais besoin d'un moyen de transport pour trouver le grim et tante Emma n'accepterait évidemment pas de rater l'assemblée communautaire pour se mettre à la recherche du grim avec moi.

J'eus une idée.

Mais était-ce une bonne idée? Je n'en étais pas sûre. Ma mère disait toujours : « *Penses-y à deux fois avant d'agir* ». Ça n'avait pas été très efficace lors de l'incident des licornes. Mais là, je décidai d'y penser une fois et de demander à Tomas d'y penser une fois lui aussi. Ensemble, nous parviendrions peut-être à trouver une solution pas trop stupide.

Quand il fit assez clair, je lui téléphonai. Sa mère répondit et, un instant plus tard, j'eus Tomas au bout du fil.

— Pip? dit-il d'une voix endormie.

Il venait tout juste de se réveiller, semblait-il. Ou peut-être dormait-il encore.

— Viens vite, lui dis-je. Il est 7 heures, alors nous disposons de — je regardai l'horloge — quatre heures avant l'arrivée des exterminateurs. Ce n'est pas beaucoup.

— Pas beaucoup pour faire quoi? demanda Tomas, l'air un peu plus réveillé.

— Pour trouver un grim solitaire.

Il soupira, comme si je lui suggérais ça chaque jour depuis une semaine.

— Je serai là dans dix minutes.

Au rez-de-chaussée, Callie était déjà dans la clinique; elle répondait au téléphone à côté de deux douzaines de poubelles métalliques remplies de fozelles, toutes celles du lac des Deux canards et d'autres que les gens avaient trouvées ce matin-là.

— Où est tante Emma? lui demandai-je.

— Dans la salle d'opération. Un cochon poilu a une brique Lego coincé dans le groin, répondit-elle d'un ton moqueur.

Mais elle ne semblait pas vraiment d'humeur à se moquer d'un cochon poilu. Elle tapota la fozelle la plus proche d'elle. La fozelle bourdonna.

— Et... elle en a pour longtemps?

— Ai-je l'air de savoir combien de temps il faut pour retirer une brique Lego du sinus d'un cochon poilu? De toute façon, elle a cette assemblée tout de suite après, conclut-elle en me tournant le dos.

Tomas arriva quelques minutes plus tard. Ses poches débordaient de solutions nettoyantes, d'inhalateurs, de vaporisateurs, de pansements et de médicaments divers.

Je haussai les sourcils.

— Quoi? dit-il. Je veux être prêt. Les grims peuvent tuer un homme de soixante-treize façons différentes.

Je haussai encore plus les sourcils.

— On verra qui rira quand tu auras besoin de mes pansements, dit solennellement Tomas. Alors, où allons-nous?

— Dans les bois derrière le lac des Deux canards. Les canards ont vu le grim et je pense que c'est là qu'il se trouve.

— On va marcher jusqu'au lac des Deux canards? On n'aura pas le temps! J'aurais dû apporter des coussinets contre les ampoules…

— D'accord, chuchotai-je. Ne panique pas. Je pense qu'il n'y a qu'une façon d'arriver à temps au lac des Deux canards.

— En moto? En jet-ski? En voiture de course? demanda-t-il, l'air soucieux. Je ne crois pas avoir l'équipement de sécurité pour ces choses, mais mes frères peut-être.

— Il n'y a qu'un moyen pour nous rendre au lac des Deux canards, repris-je en secouant la tête. À dos de licorne. Et il n'y a qu'une licorne ici à qui nous pouvons le demander.

— Non, dit Régent Maximus. Non, non, non, non, non. Vous allez me casser la colonne vertébrale. Je serai un accordéon ambulant! Vous allez vous perdre! Je vais mettre ma patte dans un terrier de chien-marmotte emplumé. Oh! Je suis trop jeune pour être mutilé!

Tomas parut soulagé quand je lui traduisis cette réponse. S'il avait accepté que je pose la question à Régent Maximus, de toute évidence, il n'aimait pas l'idée de le *chevaucher* pour vrai. Il éternua dans son coude et dit :

— Alors, c'est réglé.

— Non, protestai-je. Je sais que tu as peur, Régent Maximus. Mais c'est important.

Il poussa un hennissement aigu.

— Est-ce que tu sais ce qui est important? demanda-t-il.

Il fit glisser ses lèvres sur les barreaux de sa stalle. Cela produisit un son comme *ouob-ouob-ouob* et les griffons dans les autres stalles rirent méchamment.

— C'est la vie qui est importante! C'est de continuer à respirer! Je ne veux pas mourir!

— Les fozelles non plus, répliquai-je. Tu es une *licorne de spectacle!* Tu es censé être étonnant! Étonne-nous! Sois un héros! Et prouve à tout le monde que tu vaux mieux que... eh bien...

Je n'achevai pas ma phrase, mais de toute façon, Régent Maximus ne m'écoutait plus. Il avait cessé de promener sa bouche sur les barreaux et s'était mis à tendre et détendre ses lèvres. Je sentais presque le temps s'écouler. Il y avait peut-être une autre façon d'aller au lac. Nous pourrions appeler un taxi. J'avais vu mes parents le faire deux fois à Atlanta quand ils se rendaient à l'aéroport. Je n'avais pas d'argent de poche ici, à Cloverton, mais je savais où était l'argent de la pizza dans la cuisine. Je pourrais l'emprunter, non? C'était un cas d'urgence!

Sauf que... aucun chauffeur de taxi n'accepterait d'amener deux enfants au milieu de nulle part même s'ils avaient de quoi le payer.

Je pensai aux fozelles qui avaient essayé de me dire qui les pourchassait. *Griimmmmmmmmmmm*. Si seulement j'avais compris plus tôt! Si seulement je n'avais pas douté de ma propre capacité à leur parler. Si seulement je n'avais pas présumé qu'elles n'avaient rien d'important à dire.

J'inspirai profondément et tentai de nouveau ma chance.

— Écoute, Régent Maximus. Je sais que tu as peur. J'ai

un peu peur, moi aussi.

Tomas et Régent Maximus me regardèrent comme s'ils allaient avoir encore *bien plus* peur après avoir entendu ceci. Je secouai la tête et mes joues s'empourprèrent.

— C'est juste que j'ai fait quelque chose d'idiot avec des licornes à mon école d'Atlanta.

— Est-ce qu'une licorne est *morte*? bafouilla Régent Maximus.

— Non. Mais je me suis excitée et je n'ai pas pensé aux autres. J'ai seulement pensé qu'il serait fantastique de chevaucher une licorne et de me donner en spectacle, et j'ai fini par briser un tas de choses. J'étais si gênée et c'était si *terrible* que je ne voulais plus jamais revoir de licornes. Encore moins en chevaucher une.

Régent Maximus m'écoutait maintenant attentivement, les oreilles dressées. Et pour la première fois, je vis une ressemblance entre lui et les licornes de spectacle des Barrera; il était magnifique. Son regard intense m'impressionnait tant que je me sentais à la fois très importante et très étrange — personne ne m'avait jamais écoutée aussi attentivement.

— Je veux donc que tu saches que si je te demande ça, c'est seulement parce que j'ai vraiment peur pour les fozelles et que je n'ai pas trouvé d'autre façon de me rendre là-bas, poursuivis-je. Je n'ai pas d'autres idées. Et je crains terriblement d'avoir tort en te le demandant.

Tomas me tapota l'épaule et il hoqueta. Une bulle bleue sortit de sa narine gauche.

Régent Maximus frémit.

— J'ai entendu dire qu'il y a des wallos des marécages au lac des Deux canards, geignit-il.

Mes épaules s'affaissèrent, mais il ajouta :

— Alors, si j'accepte, pas question que j'aille dans l'eau.

— Entendu! dis-je.

Tomas me lança un regard étrange.

— Attends. A-t-il dit oui? Nous allons vraiment le faire?

La licorne et moi nous mordîmes les lèvres.

— Laisse-moi au moins aller chercher mon casque de vélo à la maison, dit alors Tomas.

Une chevauchée sur Régent Maximus n'avait rien à voir avec une chevauchée sur Diva. Pour commencer, il nous fallut dix minutes juste pour le convaincre de s'approcher suffisamment des poubelles derrière la clinique pour que nous puissions en utiliser une comme marchepied et grimper sur son dos. C'était également bizarre d'avoir Tomas derrière moi. J'étais déjà tombée d'une licorne et je savais que je pouvais survivre, mais Tomas semblait moins robuste que moi. Et puis, il devait être inquiet parce qu'il se pressait tellement contre mon dos que les bulles qu'il hoquetait ne cessaient d'éclater sur ma queue de cheval.

De plus, Régent Maximus ne semblait pas avoir les cinq mêmes allures que les licornes de Barrera. Il chaloupait, trottinait, esquivait ou tremblait selon ce sur quoi nous passions. Des bols d'eau pour des chiens, par exemple? Il les dépassait en trottinant. Un petit moulin à vent en forme de tournesol dans le jardin d'une dame? Il l'esquivait. Le pire se produisit quand nous arrivâmes devant une cour où trois petits chiens jappaient derrière la clôture. Je les vis assez tôt, mais j'avais cru — enfin, espéré — qu'il s'agissait de chiens observateurs plutôt que de chiens jappeurs.

Malheureusement, c'étaient des jappeurs.

Tous trois coururent vers la clôture en poussant de petits cris perçants, jappant et glapissant.

— Tout va bien, Régent Maximus! dis-je. Ils sont derrière la clôture!

Mais rien ne pouvait le rassurer. Il sauta dans les airs et hurla :

— Ils vont me grignoter les chevilles!

Quand il retomba, son sabot heurta le bord d'une plate-bande de tournesols.

Tomas m'agrippa plus étroitement.

— Oh! Non! Je suis allergique aux tourne...

Il n'eut pas le temps de finir parce que Régent Maximus sauta de nouveau, tout de travers, et je m'envolai dans les airs avec Tomas. Je vis, sur le sol, les trois petits chiens s'élancer tandis que nous décrivions un arc au-dessus d'eux. Nous atterrîmes dans l'herbe et roulâmes, roulâmes et roulâmes avant de nous arrêter enfin en poussant un petit *ouf*.

— Tomas! criai-je dès que je pus m'asseoir. Tu vas bien?

— Ouais! répondit-il mélancoliquement. Sauf que je suis aussi allergique aux chihuahuas.

Les trois petits chiens gambadaient autour de lui, léchaient son visage et agitaient leurs petites queues. Tomas éternua et ils s'égaillèrent l'espace d'une seconde, mais ils revinrent aussitôt le lécher. Déchaîné, Régent Maximus faisait les cent pas de l'autre côté de la clôture.

— Désolé! dit-il. Désolé, désolé! Je ne savais pas ce que c'était. Des chiens? Des monstres? Sont-ils en train de te manger, Tomas? Es-tu mortellement blessé? Le *suis-je*?

— Non, nous allons bien, soupirai-je. Ce ne sont que des chiens, Régent Maximus.

Je me relevai et essuyai la tache sur mon derrière là où j'avais atterri.

— Très bien, réessayons.

Nous conduisîmes Régent Maximus jusqu'à la route de campagne tranquille. Nous avions essayé de l'éviter, car le bruit des voitures risquait de l'effrayer. Et s'il était effrayé au milieu de la circulation, ce serait bien plus dangereux que dans un champ. Mais nous étions à présent loin des poubelles de la clinique et nous eûmes besoin du fossé pour remonter sur son dos. Tomas montra à la licorne qu'il n'y avait ni eau ni écoulements ni wallos des marécages dans le fossé. Maximus s'y plaça, tout tremblant, tandis que nous l'enfourchions. Je le dirigeai rapidement vers le champ, loin de la route.

Cependant Régent Maximus était certainement encore épouvanté par notre chute. Ou par notre randonnée. Ou par le fait de respirer. Il se mit à marmotter. Et il tremblait toujours. Je voyais qu'il était au bord d'une nouvelle crise.

— Je ne peux pas continuer, chevrota-t-il. C'est fini. Je ne m'en sortirai jamais vivant. Qu'est-ce que je suis en train de faire? À quoi ai-je pensé? Je savais que les enfants étaient dangereux! Que le monde est plein de choses! Je galope dans le danger! Je galope vers ma fin! Quand le carnage...

— J'ai une idée, lui dis-je. Tais-toi un instant. Si tu fermais les yeux? Essaie.

Le voyant de dos, je ne savais pas s'il m'écoutait, mais il cessa de bouger, puis il cessa de parler. Immobile, il tournait rapidement ses oreilles de gauche à droite. Mais sa respiration se calma lentement et il cessa de trembler.

— C'est mieux, dit Tomas. Mais nous allons manquer de temps. D'ailleurs, nous n'irons nulle part s'il a les yeux fermés.

— En fait, nous le pouvons peut-être, répondis-je. J'ai une idée. Penses-tu pouvoir me faire confiance, Régent Maximus?

Il bourdonna comme une fozelle en guise de réponse. J'ignorais si ça voulait dire *oui*, *non*, ou *la vie me fait très peur*.

—— Je vais te guider avec les rênes, repris-je. Je ne te laisserai pas avoir des ennuis. Je verrai les dangers et t'en écarterai. Comme ça, tu ne les verras pas et tu n'auras pas peur.

Je m'attendais à l'entendre protester, mais il acquiesça vigoureusement de la tête. Il devait croire que ce serait moins périlleux de galoper les yeux fermés que d'affronter le monde. Eh bien! En me tournant vers Tomas, je découvris qu'il avait fermé les yeux lui aussi.

— Tu es sérieux? demandai-je. Je serai la seule à regarder où nous allons?

Apparemment, oui.

Tout à coup, je me rendis compte que je chevauchais une licorne comme je l'avais toujours rêvé. Et comme je l'avais fait à ma première randonnée à dos de licorne, je lui parlais. Mais contrairement à ce qui s'était passé au cours de l'incident à l'école, *cette* licorne m'écoutait, et je l'écoutais.

Malgré le long trajet qu'il nous restait à parcourir, un large sourire se dessina lentement sur mon visage.

C'est ainsi que je guidai notre troupe vers le lac des Deux canards.

CHAPITRE
— 12 —

De pire en pire

Une forêt entourait le lac des Deux canards et nous dûmes laisser Régent Maximus derrière, car il avait peur des taillis (« Comme si les arbres de taille normale n'étaient déjà pas assez redoutables! ») et je ne pensais pas que, après notre chute, nous devrions courir ce risque. Tomas suggéra de l'attacher à un panneau d'arrêt, mais je ne voulais pas qu'il se fasse dévorer par un grim, s'il y en avait un dans les parages. Nous l'installâmes donc dans les toilettes publiques hors d'usage près des tables de pique-nique. Les yeux toujours fermés, il resta docilement près des lavabos tout en continuant à marmonner. Sa voix se répercutait sur les carreaux du plancher.

— Nous serons bientôt de retour, lui promis-je.

Si nous ne sommes pas mangés par un grim, pensai-je. Je chassai cette pensée et me dirigeai vers les arbres avec Tomas.

Une chose devait être dite au sujet de la forêt et moi : j'adorais les animaux, la nature et tout ça, mais, au fond, j'étais une fille de la ville. Nous n'avions pas de grands espaces remplis d'arbres, de feuilles et de petits torrents à Atlanta. Nous avions des parcs, bien entendu, mais on ne peut pas vraiment s'y perdre parce qu'il y a des sentiers et des écriteaux partout.

Alors, je me doutais bien que me trouver dans des bois où rôdait un grim, avec un garçon qui s'arrêtait tout le temps pour se mettre des gouttes dans les yeux, était plutôt terrifiant.

Et ce le devint *d'autant plus* lorsque les bruits du camping disparurent. Nous avions perdu toute notion du temps et de l'espace tandis que nous cherchions des indices.

— Quelle heure est-il? chuchotai-je à Tomas.

C'était si silencieux, là au milieu de nulle part, qu'il aurait paru déplacé de parler trop fort.

Il consulta sa montre.

— Dix heures.

Puis il éternua pour la cinquante-troisième fois.

Nous avions mis beaucoup de temps pour convaincre Régent Maximus de nous amener dans les bois. Beaucoup moins que si nous étions venus à pied, mais plus que je ne l'avais espéré. Et nous en avions passé encore plus à errer dans la forêt.

Il ne nous restait plus qu'une heure.

Cela n'augurait rien de bon. Je n'avais même pas vu une seule touffe de poils noirs, sans parler d'un chien complet.

— Sommes-nous déjà passés par ici? demandai-je.

Un craquement dans les bois me répondit.

Tomas et moi échangeâmes un regard, puis nous nous avançâmes entre les arbres.

Comme c'était le matin, il faisait clair, mais le feuillage nous empêchait tout de même de voir très loin devant nous.

Tomas éternua de nouveau et, en s'entendant, il couvrit son nez avec ses mains.

— Et si… si j'éternue parce que c'est proche?

— Tu éternues depuis une demi-heure, Tomas…

Je m'interrompis. Selon le *Guide*, les grims étaient des animaux sournois et furtifs. À moitié ninjas, après tout.

Il était très possible que le grim nous ait suivis au cours de la dernière demi-heure. J'inspirai profondément.

— Il y a quelqu'un? demandai-je au milieu des arbres. Y a-t-il un grim dans les parages?

Aucune réponse.

Mais nous entendîmes un petit craquement. Beaucoup trop léger pour que ce soit un grim.

Je soupirai, déçue. Un peu soulagée, aussi, parce que je ne voulais pas me faire manger.

— Ne t'en fais pas, Tomas, dis-je. Ce doit être un écureuil. Viens.

— Je ne peux pas, répondit Tomas en éternuant de nouveau.

— Tomas, tu peux marcher et éternuer en même t...

— Non, je ne *peux* pas! protesta-t-il.

Je me retournai pour le regarder et mis ma main sur ma bouche.

Tomas volait.

Enfin, il ne volait pas vraiment. Il flottait, comme un ballon presque dégonflé, mais dans lequel il reste juste assez d'hélium pour qu'on ne puisse le lancer au loin. Ses orteils effleuraient le sol couvert de mousse.

— Thomas! m'écriai-je. Des... descends!

— J'essaie! répondit-il en pédalant.

Cela le fit flotter davantage et il fut bientôt dans les airs, la tête en bas, des choses tombant de ses poches. Il agita les bras comme un moulin à vent avant d'attraper ma queue de cheval pour se stabiliser.

— Merci, Pip, bafouilla-t-il, hors d'haleine.

— Il n'y a pas de quoi.

Je frémis quand il me tira plus fort les cheveux.

— Pourquoi flottes-tu?

— Je t'ai dit que j'avais des allergies!

— Quelle est la chose allergène qui te fait flotter?

Toujours au-dessus de ma tête, Tomas se pencha pour éviter une branche basse.

— Je ne sais pas. C'est parfois difficile de savoir ce qui me fait réagir.

— As-tu quelque chose d'utile là-dedans? demandai-je en montrant ses poches.

— Oh! C'est vrai! J'espère que ce n'est pas tombé.

De sa main libre, il fouilla dans sa poche et en sortit quelques capsules contre les allergies qu'il se hâta d'avaler.

— Dans combien de temps feront-elles effet? demandai-je.

— Quinze minutes?

C'est très long quand on a moins d'une heure. Et tous ces flottements nous avaient fait perdre du temps. J'avais peur de demander l'heure à Tomas maintenant.

— Il faut continuer d'avancer. Essaie juste d'éviter les

branches et cramponne-toi à mes cheveux. C'est notre seule chance de trouver le grim pour…

Crac.

Le son était léger, comme celui que nous avions perçu plus tôt, mais il était à présent beaucoup, beaucoup plus près. Au-dessus de ma tête, Tomas me regarda.

Je me penchai en direction du bruit et scrutai à travers le feuillage.

Je vis une touffe de fourrure noire!

Je fis un bond en arrière tandis que mes orteils se recroquevillaient dans mes chaussures.

J'essayai de ne pas penser à toutes les choses terribles décrites dans le *Guide* à propos des grims.

— Il y a quelqu'un! répétai-je.

Ce n'était pas une question, cette fois.

— Je sais que tu es là, grim. Je m'appelle Pip et je veux juste te parler.

Je sentais Tomas trembler de peur. Il secouait ma queue de cheval. Je ne pouvais pas lui en vouloir, surtout quand j'entendis de nouveaux craquements. Le grim approchait de nous. Les grims devaient être *vraiment* furtifs, conclus-je, car cet animal énorme se déplaçait avec une grande délicatesse sur le sol de la forêt.

— Salut! dit le grim qui apparut enfin entre les arbres.

Je restai bouche bée. Je n'en croyais pas mes yeux! C'était bel et bien un grim, un gros chien noir magique conforme à la description de mon *Guide*. Mais sa taille n'était pas celle « d'un homme adulte à l'encolure ». Il m'arrivait *à peine* à l'épaule.

Parce que ce grim… n'était qu'un bébé!

Jeune grim

Ni coups ni morsures

Le grim renifla un peu et baissa la tête. Il avait des bardanes dans sa fourrure et il semblait maigrichon. Tout dégingandé, il ressemblait vraiment à un chiot, surtout ses yeux. Des yeux de petit chien tristounet.

— Salut! répondis-je.

Au début, j'étais trop stupéfaite pour dire autre chose.

— Le reste de la meute est-il aux alentours? demandai-je ensuite.

— Je suis tout seul, dit le grim en aplatissant ses oreilles.

— Que fais-tu ici tout seul? Tu es trop jeune pour être un grim solitaire, non?

Il ouvrit sa gueule, mais au lieu de répondre, il se laissa tomber à terre. Il mit sa tête sur ses pattes et poussa un long, un terrible gémissement.

— Je ne l'ai pas fait exprès, sanglota-t-il.

Il n'y a rien de plus triste que de voir un bébé grim perdu pleurer dans les bois.

— Oh! Ne pleure pas.

Je voulus me baisser, mais plus je m'approchais du grim, plus les allergies de Tomas le faisaient flotter.

— Attends, dit-il en saisissant une branche au-dessus de lui.

Une fois solidement agrippé, il lâcha ma queue de cheval.

— Ça va maintenant!

Je massai l'endroit où il m'avait tiré les cheveux et m'agenouillai à côté du grim.

— Je suis sûre que ce n'est pas ta faute. Que s'est-il passé?

Au bout d'un instant, le grim fut assez calme pour me raconter son histoire. Il se frotta le museau avec sa patte.

— Ma meute dormait quand j'ai entendu quelque chose dans les bois. Je suis allé voir ce que c'était. Il y avait un chat. Un énorme chat! Alors… je l'ai poursuivi parce que, tu sais, c'était amusant. Mais quand je me suis arrêté, j'ai regardé autour de moi et j'étais…

— Perdu? suggérai-je.

Il se remit à geindre. Il haletait comme quand on a pleuré pendant quelque temps. *Snif, sniiiiiif.* Je tendis *très* prudemment la main — après tout, c'était un animal sauvage — et je lui caressai la tête. Il s'effondra alors sur moi, un lourd paquet de poils noirs et de pattes.

— Il te maltraite? cria Tomas au-dessus de moi. J'ai apporté du peroxyde d'hydrogène pour les blessures!

— Il ne me maltraite pas! répondis-je, même si, en réalité, le grim m'étouffait.

Sachant qu'il ne le *faisait* pas exprès, j'enfouis mes doigts dans son pelage et le caressai jusqu'à ce qu'il cesse de pleurer.

— Écoute, lui dis-je finalement. Je parie que je sais où se trouve ta famille. Les meutes de grims migrent au même endroit tous les ans. Ma tante saura sûrement où est le lieu de migration le plus proche. Et nous pourrons t'y conduire!

Il leva la tête vers moi et je vis ses dents blanches et brillantes. Très impressionnantes. Elles étincelèrent quand il parla.

— Pourquoi m'aiderais-tu?

— Eh bien, d'abord, parce que c'est gentil. Mais aussi parce que tu as mangé des fozelles, n'est-ce pas? ajoutai-je d'une voix douce pour ne pas avoir l'air de l'accuser.

Il hocha la tête et se pourlécha.

— Ce sont les seules choses que je peux attraper. J'ai essayé d'attraper des choses normales, plus *grosses*, mais... Je ne suis pas encore assez rapide...

Son regard s'embua, comme s'il allait se remettre à pleurer.

— C'est bon, c'est bon, dis-je en lui tapotant de nouveau la tête. C'est juste que depuis que tu les manges, elles viennent dans notre ville et elles brûlent tout. Alors, quand nous t'aurons ramené à ta meute, les fozelles pourront retourner à la vie sauvage. Tout le monde sera content!

— Sauf les fozelles que j'ai déjà mangées! déclara-t-il.

— Eh bien, oui, mais n'y pensons plus, répondis-je en grimaçant. Reste avec moi et il ne t'arrivera rien.

Le médicament contre les allergies de Tomas fit effet à cet instant précis, et mon ami s'écroula sur le sol à côté de nous, ses poches se vidant de ce qui restait. Il se pencha pour récupérer les boîtes de pansements, les baumes à lèvres et les piles de rechange.

— Laisse ça! Il faut partir, dis-je.

Nous courûmes vers l'orée de la forêt, qui paraissait moins lointaine et moins mystérieuse maintenant que le bébé grim nous suivait. Quand nous vîmes la lumière du soleil, je dis à Tomas :

— Fais voir ta montre!

Il était 10 h 35. Les fozelles n'avaient plus que vingt-cinq minutes à vivre.

Tomas se voûta.

— Nous n'arriverons jamais à temps! dit-il.

— Oui, si nous y allons directement!

— Tu sais que ça ne se passera pas comme ça. Régent Maximus verra une flaque ou autre chose, il s'arrêtera et *nous n'arriverons jamais à temps!*

C'était incroyable. Nous avions fait tout ce chemin, nous avions trouvé le grim, et les fozelles seraient quand même exterminées?

— Non! dis-je. Pas question! Allons-y.

Nous nous précipitâmes vers les toilettes où Régent Maximus attendait, les yeux toujours fermés. Il semblait faire la liste des choses qui ne l'effrayaient pas.

— Les nuages, sauf ceux qui sont noirs ou floconneux. Les rayons de miel, quand ce ne sont pas des morceaux durs. Les papillons. Attendez! Non, pas les papillons. Les nuages...

— Régent Maximus! dis-je un peu plus fort que je ne

l'aurais voulu.

Il ouvrit aussitôt les yeux. Il me regarda, puis il regarda Tomas. Ses yeux s'agrandirent en voyant le grim qui était derrière nous.

— Il va me *manger*…

— Non! C'est un bébé grim, Régent Maximus. Il est perdu et effrayé. Si nous ne le ramenons pas à la clinique, toutes les fozelles vont mourir.

Il n'eut pas l'air ébranlé. En fait, il n'avait *aucune* expression. Je pense qu'il devait être figé de terreur.

— Va-t-il me faire du mal? demanda timidement le bébé grim qui tremblait un peu en regardant la corne de Régent Maximus. Mes parents m'ont dit de ne pas m'approcher des animaux à cornes. Ils ne s'en servent que pour donner des coups.

Régent Maximus cligna les yeux. Il regarda fixement le grim. L'espace d'un instant, je crus qu'il s'apprêtait à fuir, mais il dit simplement :

— Oh! Tu n'as rien à craindre de *moi*. Mais moi, dois-je te craindre? Vas-tu me mordre les chevilles?

— Je ne mords pas les chevilles! répliqua le grim d'un ton offensé.

Il se pencha et avec beaucoup d'hésitation, il flaira la

queue de Régent Maximus, puis il recula brusquement, toujours incertain.

Régent Maximus n'avait sans doute jamais rencontré quelqu'un ayant si manifestement peur de *lui*. Il semblait presque fier, vraiment, et secoua un peu sa crinière. Il nous permit de l'amener dehors, près de la fontaine, pour remonter sur son dos.

— Très bien, Régent Maximus. Ferme les yeux! dis-je.

Il les ferma bien fort.

— Cette fois, il faudra faire vite si nous voulons arriver à temps, ajoutai-je.

— J'essaierai, répondit la licorne en frissonnant un peu. Tu m'avertiras s'il y a quelque chose d'effrayant?

— Compte sur moi.

— Et si je vois quelque chose d'effrayant, je grognerai, proposa le grim en agitant la queue.

Nous partîmes donc, Tomas et moi sur le dos de Régent Maximus et le grim courant à côté de nous.

Hé, pensai-je, *je crois que nous arriverons à sauver ces fozelles, en fin de compte.*

Mme Dreadbatch est un être terrible

Nous arrivâmes en trombe à la clinique. Il était 10 h 55. Selon la montre de Tomas, les fozelles n'avaient plus que cinq minutes à vivre. Le grim bavait et Régent Maximus s'ébrouait, à bout de souffle. J'*avais cru* que nous allions descendre et nous précipiter dans la clinique, mais la porte s'ouvrit à la volée au moment où la licorne ralentit son allure.

Tante Emma fut la première à sortir. Puis ce fut Callie. Puis, M. Randall. Puis Mme Dreadbatch, et M. Henshaw et ce type qui avait la poméranienne à cornes lilas et les propriétaires de Gogo et une foule d'adultes que je ne connaissais pas.

Puis, les exterminateurs. C'était du moins ce que je devinai, car ils étaient vêtus de costumes argentés brillants et portaient sur le dos un bidon, dans lequel je supposai qu'il y avait du poison à fozelles.

Ils me regardèrent tous fixement.

— Qu'est-ce qui se passe? demanda anxieusement Régent Maximus.

Il devait sentir ma nervosité.

— Pip Bartlett! dit tante Emma avant que j'aie eu le temps de répondre à la licorne. Tu t'es mise dans un sacré pétrin!

M. Henshaw avait les yeux ronds. Je pensai qu'il était fâché, lui aussi. Il tendit, d'un air étonné, la main vers la bride de Régent Maximus au moment où Tomas et moi mettions pied à terre.

— Je n'aurais jamais cru voir ça un jour! Comment y es-tu parvenue?

C'étaient des propos très différents de ceux qu'il avait tenus l'autre jour.

— Tante Emma, dis-je sur un ton pressant. Je sais que tu m'en veux et ça va, mais que faisons-nous du grim?

— Mais de quoi parles-tu? me demanda-t-elle.

— Je n'ai pas de temps pour ça, Emma Bartlett, coupa Mme Dreadbatch sans me laisser répondre. Les exterminateurs sont ici. Vous vous occuperez de votre nièce hors la loi plus tard! Le moment est venu de mettre fin une fois pour toutes à cette invasion de fozelles!

Sur ces mots, les adultes se mirent à discuter. Mme Dreadbatch vociférait à propos des fozelles. M. Henshaw m'interrogeait à propos de Régent Maximus. M. Randall disait à Mme Dreadbatch de se calmer. Callie me reprochait de m'être enfuie et de lui avoir attiré des ennuis. Les autres adultes émettaient un million d'opinions sur les fozelles, leur extermination imminente et les risques encourus en chevauchant à cru une licorne dans la rue. Au milieu du tohu-bohu, tante Emma avait l'air dépassée par les événements.

— Hé! dis-je. Attendez! Écoutez-moi!

Mais personne ne m'entendait.

— Parle plus fort, Pip, me conseilla Tomas.

Je pris donc une grande inspiration et hurlai :

— J'AI UNE IDÉE!

Cela suffit pour faire taire les adultes. Ils me regardèrent, les sourcils arqués. Je pris une autre inspiration.

— Nous n'avons pas besoin d'exterminer les fozelles parce que c'est à cause du grim qu'elles sont ici! repris-je en indiquant d'un geste le bébé *grim*.

Les oreilles aplaties, il était tapi près de Régent

Maximus.

— Le grim a perdu sa meute, c'est pourquoi il rôde et mange des fozelles. Si elles sont venues à Cloverton, c'est seulement pour éviter de lui servir de repas!

— Un « grim »? Ce chien, tu veux dire? Qu'est-ce que c'est, un genre de labrador? demanda Mme Dreadbatch. Je ne vois pas de médaille. S'il n'a pas de médaille, il faut appeler le contrôle animalier.

Elle jeta un regard malveillant à tante Emma.

Mais ma tante ne le remarqua pas : elle avait eu le temps de remarquer que le grim n'était pas un labrador.

Ses yeux brillèrent. Elle semblait au bord des larmes.

— Est-ce… Pip! Tu avais raison!

Elle courut vers moi. Repoussant presque Mme Dreadbatch de son chemin, elle tomba à genoux à côté de la truffe du grim.

— Vous ne me dissuaderez pas d'appeler le contrôle animalier au sujet de ce chien, Emma Bartlett! fit Mme Dreadbatch d'une voix tranchante. Vous êtes peut-être responsable des créatures magiques dans cette ville, vous cachez des fozelles et vous entraînez des griffons et Dieu sait quoi d'autre, mais vous ne pouvez pas sauver un vieux chien ordinaire!

— Oh! Je pense que oui!

Tante Emma tendit une main vers le grim. Il la renifla et agita légèrement sa queue. Je suppose que les chiens, même les chiens magiques, reconnaissent les bonnes personnes à leur odeur.

— Ceci n'est pas juste un chien, Mme Dreadbatch. C'est un jeune grim, une espèce protégée, extrêmement rare. Et je suis la seule personne autorisée à m'en occuper à Cloverton.

Elle le dit avec un tout petit peu plus de suffisance que nécessaire, mais je pense que tout le monde le lui pardonna.

— Eh bien… eh bien, reprit Mme Dreadbatch en remontant un peu sa veste. Le SÉSAMES s'entretiendra avec votre nièce, vu qu'elle *n'est* de toute évidence *pas* autorisée à s'occuper des grims et qu'elle en a amené un ici! En attendant, les exterminateurs et moi nous occuperons des fozelles…

— Euh, à propos, l'interrompit un des exterminateurs. Désolé, m'dame, mais on n'a pas le droit de faire quelque chose pouvant mettre une espèce magique protégée en danger. Si ce chien-grim mange des fozelles, on ne peut pas les toucher.

— *Quoi?* s'écria Mme Dreadbatch, les yeux exorbités.

Mais elles sont nuisibles! Il faut les détruire! Arrêtez! Ne faites pas un pas de plus! Ne montez pas dans cette camionnette! Ne démarrez pas…

Les exterminateurs claquèrent la portière de leur véhicule. Ils avaient indiscutablement hâte de quitter Cloverton. Quand ils démarrèrent, de la musique rock résonna si fort qu'elle noya complètement les hurlements de Mme Dreadbatch. Ils sortirent du stationnement en faisant crisser leurs pneus. Mme Dreadbatch s'élança derrière eux. Personne ne les poursuivit avec elle.

M. Randall fut le premier à prendre la parole.

— Ainsi, cet adorable chiot est le seul responsable de notre invasion de fozelles?

— Maintenant qu'il ne rôde plus dans les bois, les fozelles devraient pouvoir s'en aller, répondis-je en hochant la tête.

— Pip a raison, acquiesça tante Emma. Il suffit parfois d'une petite chose, comme un grim solitaire chassant à l'extérieur de son habitat naturel, pour chambouler toute la nature. Je parie que nous pouvons maintenant relâcher en toute sécurité les fozelles dans la forêt.

Les adultes en discutèrent quelques instants. Sans être totalement convaincus, quelques voisins acceptèrent de tenter l'expérience. M. Randall proposa de s'en charger puisqu'il avait à présent l'habitude de trimballer des boules de feu. Toutes les personnes rassemblées agitèrent la main pour dire adieu aux fozelles quand le camion de M. Randall disparut derrière la colline.

— Les guimauves vont me manquer, avoua Callie.

Les voisins rentrèrent ensuite chez eux, M. Henshaw ramena Régent Maximus à son écurie et Tomas alla raconter à sa mère l'histoire des fozelles, et, je l'espérais, se vanter un peu auprès de ses frères des aventures qu'il venait de vivre.

Tante Emma ouvrit la porte de la clinique pour me faire entrer avec Callie et le grim.

— J'aurais dû t'écouter, Pip, dit-elle. Je ne peux pas croire que c'est vraiment un grim qui a causé tout ça.

— Il a perdu sa meute, répondis-je. Je lui ai dit que nous le ramènerions au lieu de migration des siens.

Elle se pencha pour caresser la tête du grim.

— Tu le lui as *dit*?

Je fis signe que oui. Ma tante resta un moment silencieuse.

— Très bien, alors, dit-elle enfin. J'imagine que nous allons faire une balade en voiture.

Je voyais bien qu'elle ne me croyait toujours pas capable de parler aux animaux, mais cela m'était égal. Elle était contente, alors moi, le grim et même Callie l'étions aussi. Le plus important n'était pas d'être crue, mais d'avoir réussi à me rendre vraiment utile, après tant d'efforts.

Qu'est-ce qu'une petite bousculade de licornes à l'occasion quand on peut aussi contribuer à sauver cinq cents fozelles et un bébé grim!

Dans ce chapitre, rien ne s'enflamme, personne n'est en danger, Tomas a pris son médicament contre les allergies et Callie nage dans le bonheur

Si j'avais écrit *Le guide des créatures magiques*, je crois que j'y aurais ajouté de petites anecdotes personnelles. Par exemple, comment tante Emma a sauvé Bouboule, comment, désormais courageux, Régent Maximus galope au lieu de trembler. Comment les hobgraquels veulent parfois apprendre le ballet. Ce genre de chose.

J'ai l'impression que ça manque. Je crois que nous sommes tous beaucoup plus que les caractéristiques de notre espèce. Je veux dire, pensez aux différences entre les licornes de spectacle et Régent Maximus! S'il y avait des anecdotes personnelles dans le *Guide*, les lecteurs verraient que les gens se définissent par autre chose que leur taille et leur poids moyen, leur tempérament et leur période de gestation.

Si je rencontre un jour Jeffrey Higgleston, je lui parlerai

de mon idée et je verrai ce qu'il en pense.

D'ailleurs, si j'ajoutais des anecdotes personnelles au *Guide*, je parlerais des grims et des fozelles. Je dirais que ces dernières ne sont pas que des créatures nuisibles, qu'elles sont plus intelligentes qu'elles ne le paraissent. Quant aux grims je dirais que, comme n'importe quel bébé, les bébés grims ont peur quand ils se perdent. Je raconterais comment nous l'avons sauvé et tout ça, mais, dans cette histoire, c'est la fin que je préfère.

Nous finîmes par ramener nous-mêmes le grim à sa famille. La clinique était si occupée que l'Académie américaine des bêtes magiques offrit d'envoyer quelqu'un le chercher. Pendant quelques heures, il sembla que les choses se passeraient comme ça. C'était bien, mais j'étais un peu déçue. J'aurais tellement voulu être celle qui ramènerait le grim vers sa meute. S'il fallait qu'il ait peur dans sa cage? Qui le rassurerait?

— Mais je ne peux pas quitter la clinique, expliqua tante Emma. Quelqu'un pourrait avoir besoin de moi.

À la fin, ce fut Callie qui sauva la situation même si c'était involontairement.

— Tu te rappelles que tu m'as promis une faveur? dit Callie. Et bien en voici l'occasion. Je veux aller là.

Elle montra le dépliant qui annonçait la comédie musicale *Star Lady* présentée à Little Rover, en Caroline du Nord. Le théâtre se trouvait à quelques heures de route de la colonie des grims.

— C'est une coïncidence, me dit-elle. Ne me regarde pas comme ça, Pip.

Nous nous entassâmes donc dans la voiture, Tomas nous accompagnait, et roulâmes toute la journée. Callie choisit la musique (les *Grands succès de l'automne 1997 à Broadway*) et Tomas choisit la nourriture (nous découvrîmes que les grims raffolaient des frites, mais qu'elles donnaient de l'urticaire à Tomas) tandis que tante Emma m'interrogeait sur les animaux.

Ce fut le plus beau jour de ma vie.

Une fois rendus dans les montagnes de Caroline du Nord, tante Emma sortit le plan indiquant l'emplacement de la colonie. Nous laissâmes la voiture pour marcher dans les bois. Tante Emma avait pris son appareil photo : elle voulait documenter les retrouvailles pour l'Académie.

— Le plan n'est pas très précis, s'excusa-t-elle tandis que nous tournions en rond dans la forêt.

Les arbres étaient très touffus et il y avait des roches un peu partout. Des rochers, en fait. Mais aucun grim en vue.

En entendant pleurnicher le bébé grim, je lui caressai les oreilles.

— Je suis sûre qu'ils sont quelque part, le rassurai-je.

— Absolument, répondit tante Emma, qui n'avait pas compris que je parlais au grim. Pourtant...

— Pip! couina Tomas. Retiens-moi!

Je l'agrippai au moment où il se mettait à flotter dans les airs. Tante Emma haussa les sourcils. Callie lui lança un regard excédé.

— Tu n'as pas pris ton médicament contre les allergies? demandai-je.

— Bien sûr que oui!

— Il ne fait plus effet? demanda tante Emma. Je ne comprends pas comment ça peut se produire si subitement. S'il y avait d'autres grims dans les parages, je comprendrais peut-être...

— Maman! cria le bébé grim. Papa!

Criant toujours, il s'élança vers les rochers.

— Ma tante! Mon oncle! Mon autre tante! Mon autre oncle! Mon frère! Mon frère! Mon frère! Mon frère! Mon frère! Mon frère...

Les grims ont des familles nombreuses.

Il continua à les appeler, puis les rochers s'animèrent

soudain. Enfin, pas vraiment. Les grims étaient couchés dessus et autour. En voyant le bébé courir maladroitement, ils bondirent et galopèrent dans sa direction. Ils se confondaient si parfaitement avec les rochers que nous ne les avions pas remarqués.

(Je griffonnai une note sur ma main concernant cet excellent camouflage, car je devais évidemment l'ajouter au *Guide*.)

Ils hurlaient et aboyaient tous si fort que je ne distinguais pas un mot de ce qu'ils disaient. Mais je vis le bébé grim se pelotonner contre ses parents pendant que ses frères et sœurs se roulaient joyeusement autour de lui.

— Émouvant, dit Callie.

Elle consulta sa montre.

— On peut aller voir le spectacle maintenant?

Tante Emma abaissa son appareil photo et essuya une larme au coin de son œil.

— Bien sûr, dit-elle.

— À mon avis, on vient de voir un très beau spectacle, murmura Tomas.

Je souris. Très beau, en effet.

JACKSON PEARCE et MAGGIE STIEFVATER ont fait connaissance en ligne en partageant leur amour de la lecture, de l'écriture et d'adorables photos animalières. Ils sont depuis devenus de bons amis et, bien qu'ils ne vivent pas dans le même État, ils communiquent tous les jours (pour planifier des blagues) et se rendent souvent visite (pour les mettre en œuvre).

Avec la collection « Pip Bartlett », ils ont décidé d'unir leurs efforts et de raconter le genre d'histoire qu'ils avaient envie de lire : des histoires avec des enfants intelligents, beaucoup de magie et le plus d'animaux possible. La créature magique préférée de Maggie est le wallo écossais des marécages tandis que Jackson aime particulièrement la bêtefleur. C'est leur première collaboration.